ACTES NOIRS
série dirigée par Manuel Tricoteaux

DE BONS VOISINS

Titre original :
Acts of Violence
Editeur original :
Macmillan New Writing, Londres

ISBN 978-2-330-00229-9

RYAN DAVID JAHN

De bons voisins

roman traduit de l'américain
par Simon Baril

ACTES SUD

Pour Mary, avec tout mon amour.

1

Ça commence sur un parking.

Le parking se trouve à l'arrière d'un bar sportif, un bâtiment en brique qui a accumulé les blessures et les cicatrices au cours de sa longue histoire. Il s'est fait percuter par des conducteurs en état d'ébriété qui ont passé la marche arrière au lieu de la marche avant, s'est fait taillader par des gens qui ont gravé leurs initiales sur les murs, et prendre d'assaut par des vandales ivres. Un soir, il y a quinze ans, quelqu'un a tenté d'y mettre le feu. Malheureusement pour le pyromane en puissance, la météo avait prévu de la pluie. De sorte que le bar est toujours là.

Il est presque quatre heures du matin – trois heures cinquante-huit –, un moment d'obscurité parfaite où aucun soupçon de lumière ne pointe encore à l'est. Il fait nuit noire.

Le bar est fermé et silencieux.

Seules trois voitures sont garées sur son parking habituellement bondé : une Studebaker de 1957, une Oldsmobile de 1953 et une Ford Galaxie de 1962 à l'aile cabossée. Deux d'entre elles appartiennent à des clients : l'un est un vendeur à domicile qui consacre ses journées à essayer de fourguer des aspirateurs ; l'autre, un chômeur qui passe les siennes à contempler les fissures du plafond de l'appartement dont il n'a pas payé le loyer depuis trois mois. Tous deux ont bu quelques coups de trop plus tôt dans la soirée et ont trouvé un autre moyen de rentrer chez eux – le taxi, sans doute. C'est sûrement le cas du chômeur. Le vendeur s'est peut-être fait raccompagner par un camarade, mais le chômeur, lui, a presque certainement pris un taxi. Quand il vous reste trente dollars et que le montant du loyer c'est quatre-vingts, inutile d'économiser. Buvez jusqu'à l'ivresse et payez-vous un taxi pour rentrer. Si l'on doit toucher le fond, autant prendre plaisir à la chute. C'est quand il vous reste quatre-vingt-sept dollars et que le loyer s'élève à quatre-vingts qu'il faut se restreindre.

Des gobelets en carton et d'autres déchets – journaux, emballages alimentaires – jonchent l'asphalte décoloré par le soleil. Un bref instant, une brise que l'on entend gémir chasse tous ces détritus en travers du macadam fendillé, réorganisant légèrement leur position avant de s'évanouir.

Et c'est alors qu'une jolie fille – une femme, à vrai dire, bien qu'elle ne se *sente* pas adulte – sort du bar, poussant la porte.

Elle se nomme Katrina – Katrina Marino –, mais presque tout le monde l'appelle Kat. Les seules personnes qui l'appellent encore Katrina sont ses parents, à qui elle parle chaque samedi au téléphone. Ils vivent à près de six cent cinquante kilomètres, mais ça ne les empêche pas de lui taper sur les nerfs, oh non ! Quand vas-tu enfin te montrer raisonnable et quitter cette ville, Katrina ? C'est un dangereux cloaque. Quand vas-tu te trouver un jeune homme bien avec qui te mettre en couple, Katrina ? Une fille de ton âge ne devrait pas être célibataire. Tu es plus près de la trentaine que de tes vingt ans, tu sais. Bientôt, tu n'auras plus cette beauté encore fraîche qui permet de décrocher un homme bien, un docteur ou un avocat, et il faudra que tu te contentes de moins. Tu ne voudrais pas te résoudre à ça, n'est-ce pas, Katrina ?

Une fois sortie, Kat tend le bras en arrière pour palper le mur, à la recherche d'une protubérance. Elle finit par la sentir, un interrupteur qu'elle pousse vers le bas. Clic. Les fenêtres du bar plongent dans le noir, et la lumière qui débordait sur le parking, blanchissant l'asphalte gris, s'efface.

Kat referme la porte et la verrouille, tournant la poignée une dernière fois pour vérifier, puis rabat le portail en métal – vlan ! – et fixe le cadenas.

Le portail et le cadenas ne sont là que depuis six mois et ne sont pas vraiment assortis à l'aspect délabré du reste du bar. De neuf, il y a également les barreaux des fenêtres. Quelqu'un a forcé la porte arrière, pris l'argent derrière le comptoir ainsi qu'une caisse de whisky avant de s'enfuir en brisant une vitre. Pourquoi cette personne n'est pas tout simplement ressortie par la porte, personne ne le sait.

Le préjudice en termes de whisky et d'argent liquide ne constituait pas en lui-même une tragédie. Mais le coût des réparations, par contre, a fait très mal. Sans parler de la perte de revenus : l'établissement a dû rester fermé pendant quarante-huit heures.

Kat n'est que la gérante de nuit, mais elle se sent tout de même responsable de ce bar.

A peine a-t-elle fait un pas en direction de sa Studebaker que Kat, fatiguée, rattrapée par sa longue nuit maintenant que l'adrénaline de la soirée est entièrement épuisée, s'aperçoit que sa voiture semble pencher vers la droite, sans pouvoir d'abord dire pourquoi, ni même si c'est vraiment le cas. Peut-être est-ce une illusion, un jeu d'ombres.

Il faut qu'elle ait parcouru la moitié de la distance la séparant du véhicule pour se rendre compte que l'inclinaison est bien réelle, que l'une des roues de sa maudite voiture est à plat.

"Nom d'un chien !" s'exclame-t-elle en tapant du pied sur l'asphalte avec colère, sentant le choc lui remonter le long du tibia.

Elle s'approche de la voiture, va directement au coffre, glisse la clé dans la serrure éraflée, tourne vers la gauche – c'est le mauvais sens –, vers la droite – elle entend le verrou basculer –, soulève la porte.

Elle n'y voit rien à l'intérieur.

Elle cherche à tâtons la lampe torche qu'elle range sur le côté gauche, coincée dans l'angle. Sa main se balade dans l'obscurité un moment avant de rencontrer la surface lisse et froide. Ses doigts se referment sur la lampe, elle l'allume. La lumière est faible, jaunâtre, mais c'est mieux que rien. Et maintenant qu'elle arrive à les distinguer, elle attrape la roue de secours et le cric – à ce moment-là, un bref sourire se dessine aux coins de sa bouche.

Kat a toujours été quelqu'un d'un peu emprunté, quelqu'un qui s'observe elle-même à distance, et se voyant ainsi, petit bout de femme d'un mètre cinquante-cinq et quarante-cinq kilos, vêtue d'une robe en laine bleue sous un trois-quarts blanc, avec dans les bras une roue presque aussi grosse qu'elle et un cric très lourd – se voyant ainsi, elle imagine qu'elle doit produire le même effet qu'un hippopotame en tutu. Et cette pensée-là suffit à esquisser un sourire sur ses lèvres. Mais ce sourire a tôt fait d'être gommé dès lors qu'elle songe à la tâche qui l'attend.

Un instant plus tard, Kat est accroupie, en train de lever sa voiture avec le cric afin de changer ce maudit pneu, contemplant le passage de roue qui semble s'agrandir tandis que le pneu reste fermement planté au sol – avant d'enfin décoller, lui aussi, même si le dessous reste aplati. A priori le pneu devrait se remplir d'air, gonfler, maintenant que plus aucun poids ne l'écrase, mais ce n'est pas le cas.

Et soudain – un bruit derrière elle.

Elle s'immobilise, espérant que ce n'était rien, que le bruit ne va pas se répéter, mais si, et elle tourne la tête pour regarder par-dessus son épaule, inquiète de ce qu'elle pourrait découvrir, cependant il faut bien qu'elle jette un coup d'œil. Kat est quelqu'un qui met toujours les mains devant les yeux quand quelque chose d'affreux se déroule sur l'écran du drive-in – mais elle risque aussi toujours un regard furtif entre ses doigts.

Des feuilles de journal volettent sur l'asphalte, emportant avec elles les nouvelles de la veille.

"C'est rien que le vent, idiote", dit-elle.

Rien que le vent.

Elle se tourne à nouveau vers la voiture et reprend ce qu'elle faisait.

Kat balance le pneu crevé et le cric losange dans le coffre – peu importe comment ils atterrissent – qu'elle ferme en le faisant claquer d'un coup sec.

Un clou est à l'origine de la crevaison. Ce truc rouillé et tordu dépassait du flanc intérieur du pneu comme une dent solitaire sur une gencive dégarnie. Kat se rappelle vaguement avoir traversé une zone de chantier en se rendant au boulot : des hommes aux bras bronzés qui réparaient une maison mitoyenne à moitié brûlée, emportant à l'arrière d'un camion des planches cassées d'où sortaient des clous brillants.

Les mains de Kat sont noires de crasse, de poussière de frein, et elle a peur de se toucher, de tacher sa robe bleu clair ou son manteau blanc. De se salir encore plus. Elle a déjà réussi à se mettre une trace de noir sur la robe en rangeant le pneu dans le coffre.

Espèce de fichu pneu crevé !

Tout ce qu'elle souhaite, c'est rentrer chez elle, se débarrasser de ses vêtements et se glisser d'abord dans un bain chaud, puis dans son lit, sous ses draps frais comme la nuit où elle pourra dormir jusqu'à midi, voire une heure. Et, avec un peu de chance, du moment où sa tête se posera sur l'oreiller jusqu'au moment où le soleil de la mi-journée s'infiltrant à travers la fenêtre la réveillera, elle ne fera que de beaux rêves.

Mais il faut qu'elle commence par arriver chez elle.

Elle ouvre la portière et se laisse choir sur le siège du conducteur, insère la clé et met le contact. La voiture grogne, le bruit d'un fumeur de trois paquets par jour se raclant la gorge. Le moteur tourne – paresseusement.

"Allez, ma petite", l'encourage Kat.

Elle appuie sur l'accélérateur.

Le moteur tourne un peu plus vite. Encore plus vite. De mieux en mieux. Elle relâche la pédale – attention à ne pas noyer le moteur. Il tourne toujours. Tousse. Pétarade. Et finalement démarre pour de bon.

Dieu soit loué. Kat s'essuie le front, contente de ne pas avoir à appeler un taxi, et à peine ce geste fait, elle se souvient de la crasse sur ses mains, se regarde dans le rétroviseur et rit.

Comme celui d'un clochard dans un film muet, son front est barré d'une traînée noire.

Et elle ne peut même pas se nettoyer, toute tentative ne ferait qu'empirer les choses. Mais Kat s'en moque. La nuit a été longue. Elle a travaillé dix heures d'affilée et elle est vannée, il ne lui reste plus qu'à rentrer chez elle.

C'est sa dernière mission avant le lever du soleil.

2

Kat tire sur une commande de son tableau de bord et les phares projettent deux faisceaux jaunes dans la nuit. Elle aperçoit des particules de poussière ainsi que des insectes flottant dans la lumière et elle se souvient d'un jour lorsqu'elle avait trois ans, peut-être quatre, et qu'elle était allongée sur le lit de ses parents, qui lui semblait énorme, aussi grand qu'une île. Elle était censée dormir – c'était l'heure de la sieste ; c'est pour ça qu'elle se trouvait là –, mais elle était réveillée, en train d'observer un rayon de soleil blanc qui s'introduisait par la fenêtre pour venir caresser ses jambes nues. Cette chaleur était agréable, et Kat distinguait des grains de poussière qui flottaient dans la lumière. Elle pensait que ces particules étaient des créatures vivantes. Elle riait en les voyant danser et tendait la main pour les attraper, mais pour une raison inconnue elle n'y parvenait jamais. Ces particules anticipaient toujours ses attaques et flottaient à l'écart de son petit poing dodu juste avant qu'il ne les atteigne.

Kat enfonce un bouton et la radio se met à crépiter. Une voix d'homme qui grésille, artificiellement grave :

"... et le président Johnson a déclaré aujourd'hui que la décision de Cuba de couper l'approvisionnement en eau de la base navale de Guantánamo était inacceptable. Autre information : Jimmy Hoffa, qui la semaine dernière a été reconnu coupable d'avoir soudoyé un jury fédéral dans le..."

Kat grimace, tourne le bouton de réglage.

Les nouvelles, ce n'est que du blabla, confirmant encore et toujours qu'elle est petite et que le monde est grand, qu'elle ne peut rien faire pour empêcher ni même pour changer les événements les plus importants. Kat préfère se concentrer sur les choses sur lesquelles elle peut agir, la vie des gens qui l'entourent, sa propre vie à elle. Des petits changements, des buts à sa portée.

Comme remplir un verre. Comme remplacer un pneu.

"... attendez-vous à une température minimale de cinq degrés ce soir, avec des averses en tout début de matinée et..."

Elle essaie encore une autre fréquence.

"Voici Buddy Holly & The Crickets avec *Not Fade Away*, enregistré à peine deux ans avant le décès prématuré de M. Holly. Dur de se dire que ça fait déjà cinq ans, pas vrai ? Enfin... Dino ce soir sur votre radio, pour vous rappeler qu'ici, sur WMCA, Buddy est toujours en vie !"

Dino lance la chanson, avec son rythme à la Bo Diddley et son batteur qui tape sur une boîte en carton.

Kat monte le son et passe une vitesse.

Tandis que Buddy Holly chante depuis l'au-delà, expliquant "comment les choses vont se passer*",

* Référence aux paroles par lesquelles débute la chanson : *I'm-a gonna tell you how it's gonna be... (Toutes les notes sont du traducteur.)*

Kat roule à travers une ville où règnent la nuit, le silence et le vide, passant devant un cinéma dont la marquise affiche *Docteur Folamour* ; passant devant la vitrine d'une librairie où sont empilés des romans de gare Gold Medal à quarante *cents* ; passant devant un tas ficelé de journaux humides de rosée, l'édition du matin, déposée devant un kiosque cadenassé pour la nuit.

Encore trois quarts d'heure et arrivera un homme obèse, affligé de cicatrices d'acné qui remontent à vingt ans en arrière et de la colère qui va avec, celle de quelqu'un dont on s'amusait à tirer le slip pour le lui coincer entre les fesses à l'école primaire. Il déverrouillera le kiosque et coupera la ficelle autour des journaux.

Les quotidiens annoncent qu'on est le 13 mars, mais en contemplant l'horizon obscur pendant qu'elle conduit, Kat sait qu'on ne sera pas le 13 mars avant encore au moins trois heures en ce qui concerne la plupart des gens, peu importe ce que disent les journaux.

Ce serait chouette si elle pouvait arrêter sa voiture et lire un de ces exemplaires afin de découvrir ce qui arrivera demain, au cours de cette journée qu'elle va passer à dormir, mais, évidemment, même l'édition datée d'aujourd'hui ne contient que de vieilles nouvelles, des nouvelles de choses qui se sont déjà produites, qu'on ne pourra jamais changer. Même à quatre heures du matin.

Alors que Kat longe une portion de route déserte, une autre voiture, une Fiat 600 bleu clair de 1963 qui se rapproche d'elle depuis une bonne trentaine de secondes – elle a pu voir les petits phares ronds s'agrandir progressivement – la double dans un sifflement d'air, avec un grondement aigu de son moteur en plein effort et un crissement de ses pneus à flanc blanc.

Quelques instants après s'être fait dépasser, Kat prend un virage à gauche, tourne dans une rue endormie et poursuit son trajet vers chez elle, au sud-ouest en direction du Queens Boulevard.

Aurait-elle continué tout droit, elle aurait peut-être vu la Fiat pousser jusqu'à la prochaine intersection. Elle aurait peut-être vu le feu vert du croisement passer à l'orange. Elle aurait peut-être entendu les cylindres s'emballer alors que le conducteur de la Fiat faisait forcer le petit moteur de la petite voiture, écrasant la pédale d'accélérateur contre le plancher. Elle aurait peut-être vu le feu passer de l'orange au rouge. Elle aurait peut-être vu la Fiat foncer dans l'intersection malgré le feu rouge. Elle aurait peut-être vu un pick-up vert s'y engager au même moment par la droite. Elle aurait peut-être vu le pick-up percuter la Fiat, en plein la portière du passager, et entendu un fracas aussi fort qu'un coup de tonnerre ; vu la Fiat faire un tête-à-queue ; vu la Fiat se retourner parce que le conducteur avait braqué le volant dans le mauvais sens au mauvais moment ; vu la Fiat rouler trois fois avant de s'arrêter la tête en bas au bord de la route, une traînée de verre et de métal répandue derrière elle. Elle l'aurait peut-être vue immobilisée là, sur son toit, dans l'air creux de la nuit, ses petites roues tristes tournant furieusement mais n'accrochant rien, comme un scarabée sur le dos sous la lueur jaune d'une lune folle. Elle aurait peut-être vu le pick-up qui l'avait percutée, n'éclairant désormais plus que d'un seul phare, faire marche arrière, se remettre dans le bon sens et repartir dans la rue. Elle aurait peut-être vu le conducteur du pick-up pencher brièvement son visage blême vers le carnage avant de s'éloigner. Mais elle n'aurait jamais su pourquoi le conducteur avait fui alors que c'était la Fiat qui avait franchi le feu rouge. Ça, personne ne le saura jamais. A l'exception du conducteur du pick-up lui-même.

Et, de toute façon, Kat n'a pas continué tout droit.

Elle a pris à gauche et poursuivi son trajet, et la voilà maintenant faisant route tranquillement vers chez elle avec, en guise de compagnie, des reflets d'elle-même dans les vitres des bâtiments des deux côtés de la rue. Trois Kat roulant ensemble dans la même direction. Il lui serait impossible d'être témoin de l'accident. Et quand le fracas de l'impact résonne, elle ne sait pas d'où provient le bruit.

Elle l'entend, baisse Buddy Holly le temps de jeter un coup d'œil dans le rétroviseur et, comme elle ne voit rien derrière elle sinon l'obscurité – même pas une paire de phares ressemblant à des yeux de loup surgis d'un passé distant –, elle remonte le son de la radio, peut-être même un peu plus fort qu'avant d'être perturbée par le bruit de l'accident, et elle poursuit sa route.

Ce qu'elle a entendu n'était peut-être que le tonnerre. Le présentateur à la radio n'a-t-il pas annoncé des averses en début de matinée ?

Elle observe le ciel et, bien qu'il soit rempli de nuages gris illuminés par la lune, ceux-ci n'ont pas l'air suffisamment lourds pour produire de la pluie. Pas encore. Mais peut-être se trompe-t-elle. Dans ce cas-là, elle espère arriver à la maison avant le début de l'orage.

Elle n'a pas pris de parapluie.

3

Kat tourne sur Austin Street.

Elle aperçoit désormais son immeuble.

Elle aperçoit aussi un de ses voisins – elle ne se rappelle plus son nom, un homme de couleur qui s'est toujours montré très gentil, qui une fois l'a même aidée à démarrer sa voiture – quittant le parking de la station du Long Island Railroad dans sa Buick Skylark, roulant vers elle en sens inverse.

Quand leurs véhicules se croisent, les deux voisins se font signe de la main.

Frank ! Elle pense qu'il s'appelle Frank. Ça lui est revenu dès qu'elle a pu distinguer nettement son visage, le bout orangé de sa cigarette flottant devant lui comme une luciole apprivoisée.

Elle se demande ce qu'il fait dehors à quatre heures du matin. Elle sait que la femme de Frank est infirmière et qu'elle travaille souvent la nuit – en rentrant du bar, Kat a parfois remarqué que les lumières de leur appartement étaient allumées –, mais elle ne les a jamais vus, ni Frank ni sa femme, dehors à cette heure-ci.

Kat s'engage sur le parking du Long Island Railroad, qui se trouve juste en face de la résidence où elle habite, *The Hobart Apartments*. Elle gare la Studebaker sur la place que la Buick de Frank vient de libérer et coupe le contact. La radio se tait en même temps que le moteur.

Le trajet en voiture du bar jusque chez elle n'a qu'une seule fois pris plus de quelques minutes – la durée d'une chanson – et c'est parce qu'elle a suivi un chemin différent pour rentrer, afin de déposer chez lui un habitué qui avait dépensé ses derniers sous pour se payer un verre et n'avait plus de quoi prendre un taxi. Ou lui donner un pourboire. Même s'il n'est rien arrivé de mal, Kat n'a plus jamais ramené de client chez lui. Elle s'est sentie nerveuse tout au long du trajet, ses paumes transpiraient tellement elle serrait fort le volant et, surtout, elle a eu l'impression de franchir une ligne qui ne devait pas l'être.

Une brise souffle à travers les branches des chênes qui bordent la rue. Quelques feuilles s'envolent, mais la plupart résistent.

Kat descend de la voiture juste à temps pour voir une voiture de patrouille noire et blanche longer tranquillement la rue, le gyrophare dépassant sur son toit comme le bout d'un tube de rouge à lèvres. Elle aperçoit le visage pâle du policier solitaire qui lance un regard dans sa direction avant de disparaître. Elle fixe la lueur rouge des feux arrière jusqu'à ce que le véhicule tourne à l'angle de la rue.

Au loin, quelqu'un klaxonne.

Un chien hurle à la lune, quelqu'un crie *tagueule*, on entend un *bam !*, le chien couine, puis c'est le silence.

Elle est fatiguée. Si fichtrement fatiguée.

Kat pense que les gens devraient hiberner, comme les ours. L'hiver épuise les âmes. Si les gens le passaient en hibernation, ils se réveilleraient au printemps tout revigorés, prêts pour le restant de l'année.

Ils l'attaqueraient avec espoir, même éventuellement avec optimisme. Au lieu de quoi, au moment où le printemps débarque, comme c'est le cas maintenant, les gens ont été fragilisés par l'hiver. Refroidis et fragilisés. Un rien pourrait les briser.

Kat claque la portière, s'aperçoit qu'elle a oublié de la verrouiller, l'ouvre, tape sur le bitoniau, la referme.

Qu'est-ce qu'elle a hâte de prendre son bain !

Mais après avoir fait seulement deux petits pas vers la porte d'entrée écaillée de son appartement, Kat se fige.

Elle avale sa salive, prise de peur.

Sa bouche est soudain très sèche.

Parmi les ombres de la nuit, elle distingue une silhouette massive debout près d'un des chênes balafrés qui gardent l'entrée de la résidence *Hobart Apartments*, se dressant entre elle et son bain chaud.

La silhouette imposante s'écarte de l'arbre et se dirige droit sur elle.

La silhouette – l'homme – semble attirée vers elle, comme un aimant, comme un yoyo sur un fil, semble davantage glisser que marcher vers elle. Elle ne remarque pas chez lui l'espèce de lourdeur rappelant une machine cassée qui est celle d'un homme se déplaçant normalement d'un point à un autre. Cet homme-là flotte vers elle de manière menaçante.

Kat serre son sac à main contre sa poitrine, comme s'il s'agissait d'une sorte de talisman, d'un bouclier contre la nuit, et elle essaie de lui échapper, de filer vers son appartement.

Et soudain tout s'illumine. Et tout devient très bruyant.

Elle voit chaque détail de chaque chose. Les pores de la peau de l'homme, larges et remplis d'huile sale, son nez parsemé de points noirs. La tache sur son jean, de la forme d'un des Etats du Midwest dont elle n'arrive jamais à se souvenir du nom, et de la couleur des dents d'un buveur de café. Les traces de rouille sur la lame du couteau dans sa main, comme des taches de rousseur. Elle entend le bruit d'une radio allumée quelque part. Une conversation étouffée. Un moteur qui s'arrête à trois rues de là. Elle voit une araignée sur la porte d'entrée de son appartement en rez-de-jardin, tissant une toile dans le coin en haut à gauche. Elle entend l'eau coulant à l'intérieur, derrière l'araignée et la porte, l'eau chaude remplissant la baignoire dans laquelle elle pourra bientôt se glisser.

Mais ce n'est pas réel, n'est-ce pas ? Cette dernière image n'est pas réelle. Pas encore. Et jamais elle ne le deviendra si Kat n'arrive pas jusqu'à son appartement.

L'homme avec le couteau ajuste sa direction pour continuer à avancer droit sur elle.

Mais Kat l'a dépassé maintenant, elle est en pleine rue, l'adrénaline bouillonne dans ses veines, elle ouvre la fermeture éclair de son sac, cherche ses clés. Du rouge à lèvres est éjecté du sac tandis qu'elle fouille à l'intérieur ; le tube tombe sur l'asphalte, roule un moment, s'arrête. Elle entend le pied de son assaillant qui l'écrase d'une de ses bottes de chantier en cuir marron. Donc il doit marcher, il doit être humain, malgré la façon dont il semblait flotter. Les fantômes n'ont pas de jean taché, de pores gras et de points noirs, si ? Les fantômes n'ont pas besoin de couteaux. Un poudrier rose suit le rouge à lèvres, tombe par terre, et Kat croit entendre le miroir à l'intérieur se briser.

Sept ans de malheur, pense-t-elle irrationnellement. J'aurai trente-cinq ans quand ce sera terminé.

Mais là, à l'instant, elle sent les clés dans sa main droite, elle atteint la porte d'entrée, elle brasse les clés entre ses doigts, cherchant désespérément la bonne, elle est couverte de sueur malgré la fraîcheur de la nuit, la voilà, la bonne clé, elle l'enfonce dans la serrure, tourne la poignée et pousse la porte qui s'ouvre en grand, entre, Kat, bienvenue chez toi, elle fait un pas vers le salon, vers l'obscurité protectrice de son salon, aussi accueillante que le ventre d'une mère, et bientôt elle pourra refermer la porte sur ce monde dangereux et plonger dans l'eau tiède de sa baignoire et oublier que tout cela est jamais arrivé.

Sauf qu'une main cruelle attrape une poignée de ses cheveux et la stoppe. Et cette main la tire en arrière, l'éloigne de l'entrée, laissant la porte béante, les clés pendant sur la serrure.

Je voulais juste un bain, pense-t-elle.

Et alors la main qui ne la tient pas par les cheveux s'élève dans l'air de la nuit au-dessus d'elle. Cette main brandit un couteau, un grand couteau de cuisine dont la lame est parsemée de taches de rouille.

Le couteau reste figé en l'air un moment. Kat l'aperçoit du coin de l'œil.

"Pitié", dit-elle.

Et c'est tout ce qu'elle a le temps de dire avant que le couteau ne s'abatte sur elle, s'enfonçant juste derrière sa clavicule, avec le bruit grinçant du métal contre l'os, suivi d'un bruit humide, un écœurant gémissement liquide, puis tous ces bruits sont noyés par le bruit de quelqu'un qui crie – qui crie très fort.

Alors le couteau se retire du nouvel orifice qu'il vient de pratiquer chez Kat, et elle entend un bruit comme une épée qu'on dégaine dans un de ces films avec Errol Flynn. Ça semble irréel. Et le liquide chaud se met à couler dans son dos.

Elle sent une odeur de cuivre.

Puis un nouveau cri emplit l'air.

Je me demande bien qui c'est, se dit Kat. Pauvre petite.

4

Patrick est tiré du sommeil par la sonnerie d'un réveil et, bien qu'il ne sache pas à quoi il rêvait quelques secondes plus tôt, il est sûr que ce n'était rien d'agréable, car il a un sale mal de tête, un peu comme si son crâne était bourré de papier journal et de chaussettes. Il a un goût de cendres de cigarettes dans la bouche. Ses yeux piquent.

Pas encore tout à fait conscient, il palpe le réveil, le tournant et le retournant entre ses mains et appuyant sur les boutons qu'il sent sous ses doigts. Il finit par enfoncer la bonne touche et le réveil se tait. Il le repose là où il l'a trouvé.

Où suis-je ?

Il cligne plusieurs fois des yeux.

Un salon. Un salon dans un appartement. Sur la planète Terre.

Qui suis-je ?

Patrick Donaldson. Dix-neuf ans.

Que suis-je ?

Un être humain à qui l'on a demandé d'aller dans un pays étranger pour y tuer des Asiates – d'autres êtres humains – au nom de mon propre pays.

Et il est quelle heure ?

Quatre heures du matin.

Il regarde la télé et voit des parasites.

A côté de lui sur le canapé, une lettre lue et relue dont l'objet ne prête à aucune confusion : "Convocation à la visite médicale des forces armées."

"Allez vous faire foutre", lui répond Patrick.

Il se lève, se gratte machinalement, rajuste ses parties intimes – elles se sont baladées dans son sommeil – et extirpe son caleçon d'entre ses fesses. Sa bouche a mauvais goût, il la nettoie avec sa langue et avale.

Puis, après un nouveau coup d'œil à la convocation, Patrick traverse la moquette marron et gagne le couloir.

"C'est l'heure ?"

Sa maman (elle s'appelle Harriette mais, bien que techniquement il soit adulte, pour lui elle reste "maman" et le restera sans doute toujours) lève des yeux bilieux vers lui, guère plus que des fentes enfoncées dans de vieux plis de chair. Elle n'a pas l'air bien. Patrick s'est souvent demandé combien de temps il lui restait.

Elle n'a que soixante-deux ans. S'il meurt à l'âge que sa maman a aujourd'hui, ça voudra dire qu'il a déjà vécu un tiers de sa vie. Presque.

"C'est l'heure ?" demande à nouveau maman.

Patrick hoche la tête :

"C'est l'heure.

— Oh.

— Oui."

Il s'approche d'un gros appareil dans le coin de la chambre, un appareil qui va empêcher l'état de sa mère d'empirer, enfin qui va ralentir la dégradation.

C'est ce que dit Erin.

Frank et Erin, leurs voisins d'à côté, le leur ont procuré. Erin est infirmière. Elle a fait jouer ses relations à l'hôpital pour s'assurer que maman obtienne l'appareil, parce que maman avait dit qu'elle ne voulait pas passer ses derniers jours dans une chambre d'hôpital aseptisée. Elle avait déclaré qu'elle préférerait mourir plutôt que de vivre dans une chambre d'hôpital qui sent le dissolvant, une chambre dont l'humanité a été nettoyée à coups de brosse.

C'est également Erin qui a appris à Patrick comment faire fonctionner ce truc. Il pousse la machine près du lit, puis prend le bras de sa maman et le retourne, révélant le dessous à la peau aussi blanche qu'un ventre de poisson. Révélant la fistule artérioveineuse : un tube naturel, permanent, par lequel le sang peut entrer et sortir.

Patrick branche sa maman sur la machine et la met en marche, avec cette impression qu'il a chaque fois d'être dans un film de science-fiction, que ce n'est pas vraiment réel.

Une heure toutes les quatre heures, lui a-t-on expliqué.

D'ici à cinq heures du matin, dans soixante minutes, les yeux de maman ne seront plus si jaunes ; sa peau aura presque repris un aspect humain.

"Tu dois avoir hâte que je meure, observe maman.

— Tu sais bien que ça ne me dérange pas de m'occuper de toi."

Ce qui est vrai la plupart du temps, y compris maintenant. Ça le fatigue et ça l'attriste, mais globalement ça ne le dérange pas. D'ailleurs, c'est lui, l'homme de la maison. Qui d'autre s'en chargerait à sa place ? Son papa les a abandonnés tous les deux quand Patrick avait dix ans, il est sorti s'acheter des cigarettes, ce vieux cliché, et il n'est jamais revenu.

Parfois Patrick parvient à se convaincre que papa ne les a pas abandonnés. Il s'est fait renverser par un camion, par exemple, n'avait pas de pièce d'identité sur lui, et on l'a appelé Monsieur X à partir du moment où il s'est retrouvé mort dans le caniveau – une heure plus tard, en tout cas, lorsque son corps a été étendu sur une table en métal froide avec rigoles intégrées pour récupérer tout ce qui s'échappe des défunts à l'exception de l'âme. Si papa avait eu son portefeuille sur lui, maman et Patrick auraient su ce qui lui était arrivé, mais dans ces circonstances, on s'est débarrassé de papa comme de tous les autres inconnus depuis l'époque de la guerre de Sécession : enterré dans le cimetière des pauvres de Hart Island. Enterré dans une tranchée – une fosse commune, des cercueils empilés par trois – sans cérémonie ni plaque individuelle. Affaire réglée.

Oui, parfois Patrick arrive vraiment à se faire croire ça. En tout cas c'est mieux que de se dire que papa les a simplement abandonnés. Qu'il est parti sans jamais regarder en arrière. Que quelque part son père est en vie, s'amusant avec une nouvelle épouse qui n'est pas malade, avec un nouveau fils qui ne ressemble pas à la femme qu'il a quittée, dans une nouvelle ville qui ne lui rappelle en aucune façon celle qu'il a laissée derrière lui.

Mais alors Patrick se souvient du jour qui a suivi le départ de papa, quand il a trouvé le paquet de Pall Mall sur le plan de travail de la cuisine, à moitié plein. Sorti acheter des cigarettes alors qu'il en avait ? Et puis quoi encore ?

Une semaine plus tard, Patrick fumait sa première cigarette, assis seul dans une ruelle déserte, caché derrière des poubelles qui sentaient le vomi et quelque chose de sucré – des fruits, peut-être, qui commençaient à pourrir. En fumant, il se sentait adulte. C'était une activité d'homme, et maintenant que papa était parti, c'était lui l'homme de la maison, pas vrai ? Il fumerait des Pall Mall et boirait de la bière Pabst Blue Ribbon comme son papa.

Sauf qu'il ne quitterait pas maman.

Les vrais hommes ne partaient pas.

Arrivé au bout de sa première cigarette, il avait mal au cœur, mais en même temps il se sentait bien. Sa tête était légère, comme emplie d'hélium, comme si elle allait se dévisser de son cou et s'envoler. Il imaginait sa tête montgolfière flottant dans le ciel gris de la ville. Il imaginait toutes les choses qu'il pourrait voir – les voitures alignées comme des fourmis attendant qu'on les écrase, les jardins sur les toits des immeubles, ces petits recoins du monde qui ne peuvent être atteints que par les cieux. Il s'imaginait être comme un oiseau, il n'y aurait nulle part où il ne pourrait aller.

Mais les vrais hommes ne partaient pas. A moins d'y être contraints.

"Où est ton livre ?" demande Patrick.

Maman montre du doigt.

Johnny s'en va-t-en guerre, de Dalton Trumbo, est posé sur la table de nuit, à côté d'un vieux verre d'eau.

Patrick prend le livre et s'assoit dans un fauteuil à côté du lit de sa mère. Il a apporté ce fauteuil du salon il y a deux mois, rien que pour cette raison, pour s'asseoir et lire à sa mère. Le fauteuil est vieux, usé, en loques, et il sent le chien bien que ça fasse trois ans qu'ils n'aient plus de chien. Il est taché et il est avachi comme un homme qui a perdu tout espoir. Mais c'est quand même un fauteuil. Patrick ouvre le livre à la page repliée et se met à lire :

"Quand les armées se mettent en mouvement et que les drapeaux s'agitent et que les slogans résonnent fais gaffe petit gars parce que ce sont pas tes marrons à toi qui sont dans le feu. Tu te bats pour

des mots mais tu fais pas une bonne affaire ta vie contre quelque chose de mieux. Tu te montres héroïque mais quand tu te seras fait tuer le truc que t'as échangé contre ta vie te servira à rien et servira probablement à personne d'autre non plus."

Patrick s'arrête. Passe sa langue sur ses lèvres.

Maman braque son regard jaune vers lui.

"Qu'est-ce qu'il y a ?" demande-t-elle.

Il ne répond pas.

"Mon chéri ?"

Patrick pense à la convocation posée sur la table basse à quelques mètres de là. Il pense aux bords de la feuille lue et relue qui ont pris une teinte marron à force d'être serrés entre ses mains et maculés de sueur. Il s'imagine en caleçon, debout au milieu d'une longue file d'autres garçons, tous venus pour être examinés. Levez les bras droit devant vous, paumes vers le haut ; maintenant tournez les bras de façon à ce que vos paumes soient face au sol ; maintenant touchez vos doigts de pied. Il s'imagine montant dans un bus pour se rendre à un camp d'entraînement. Il s'imagine bivouaquant avec le reste de son unité pendant sa période de formation, apprenant à survivre dans la jungle. Il s'imagine montant dans un avion à destination du Viêtnam. Il s'imagine assis sur un siège à l'aller, mais enfermé dans un sac plastique ou un cercueil au retour, empilé avec les autres dans un avion-cargo comme autant de bûches de bois. Il ne l'a toujours pas dit à maman.

Qu'est-ce qu'elle fera quand elle saura ?

Une chose est sûre, ça n'aura pas d'effet miracle sur sa santé.

"Chéri ?" dit à nouveau maman.

Patrick se tourne vers elle :

"Je ne crois pas que j'ai envie de lire, en fait.

— Tu n'es pas obligé.

— D'accord."

Il hoche la tête, replie le coin de la page, repose le livre sur la table de nuit, se lève. Il regarde ses pieds, un orteil rose, le gros orteil de son pied gauche, qui sort par un trou dans sa chaussette, et il a cette pensée absurde : Ce petit cochon a fait *oin oin oin* tout le long du chemin*.

"Je reviens quand ce sera fini", dit-il.

Il se dirige vers la porte, mais s'arrête et se retourne :

"S'il arrivait quelque chose... S'il arrivait quelque chose et que je devais partir, est-ce que tu t'en sortirais ?"

Maman secoue la tête. Non.

L'espace d'un moment, Patrick croit qu'il n'aura droit qu'à cette seule réponse, ce non de la tête, mais alors maman dit : "Ne me laisse pas avec des inconnus."

Patrick sourit.

"Je disais juste ça comme ça.

— Ne me laisse pas avec des inconnus", répète-t-elle.

Il hoche la tête.

"Pardon de t'avoir fait peur. Je serai toujours là pour toi, maman. Tu le sais, hein ?

— Je le sais, répond maman en souriant.

— D'accord. Je reviens quand ce sera terminé."

Dans le salon, Patrick lit la convocation pour la soixantième ou la soixante-dixième fois, puis la repose sur la table basse.

* Derniers vers d'une comptine que l'on chante aux enfants en leur tortillant les doigts de pied l'un après l'autre.

Il jette un coup d'œil par la fenêtre, au-dessus du télescope qu'il a installé, vers la cour éclairée par des réverbères, déserte à l'exception de ses quatre bancs, de ses quelques parterres et treillages de fleurs, de son béton. Puis il s'approche du télescope et le pointe vers les fenêtres des appartements de l'autre côté de la cour. Pour Patrick, la fonction la plus utile d'un télescope, c'est de permettre d'espionner ses voisins. Ceux-ci sont plus intéressants que des planètes ; en tout cas ils ont davantage de personnalité.

A cette heure-ci de la nuit, cependant, seules deux fenêtres sont illuminées.

Il braque le télescope sur l'une d'entre elles et ne voit rien à part le salon vide et triste de l'autre côté. Un canapé à rayures marron et rouge. Sur le mur du fond, un tableau représentant un cheval au galop – probablement en train de fuir. L'expérience de Patrick lui a montré que les animaux qui courent cherchent presque toujours à échapper à quelque chose derrière eux plutôt qu'à atteindre quelque chose devant.

Derrière l'autre fenêtre, Patrick observe une femme assise seule sur son canapé. Elle a une quarantaine d'années. Elle porte un déshabillé noir. Elle est jolie. Patrick se dit que si, quand il a quarante ans, il est avec une femme qui ressemble à ça, il sera un homme heureux ; il se dit qu'il serait heureux même maintenant avec une femme qui ressemble à ça.

Mais alors il aperçoit une trace de mascara noir qui lui a coulé sur la joue, et il se rend compte qu'elle doit être en train de pleurer. Elle s'essuie les yeux avec un mouchoir. Le mascara ne coulera plus.

Il s'imagine marchant jusqu'à son appartement, frappant à la porte. Elle ne l'ouvrirait pas immédiatement. Il est tard, des gens dangereux traînent dehors – des violeurs, des cambrioleurs prêts à entrer de force.

“Qui est-ce ? demanderait-elle.

— Votre voisin.

— Oui ?

— Je m'appelle Patrick. J'habite en face, de l'autre côté de la cour.

— Oui ?

— Je vous ai vue à travers votre fenêtre. Je n'espionnais pas. Mais je vous ai vue. Vous pleuriez. Je me suis dit que vous aviez peut-être besoin de parler à quelqu'un ?"

Et là elle ouvrirait la porte. La chaînette serait encore accrochée, bien sûr, mais elle entrouvrirait la porte pour voir de quoi il a l'air, et elle se rendrait compte qu'il est inoffensif, enfin qu'il paraît l'être.

Elle ne soufflerait pas un mot. Elle voudrait seulement jeter un œil. Puis elle refermerait la porte et, quelques instants plus tard, elle l'ouvrirait à nouveau. Cette fois-ci sans la chaînette. Elle lui adresserait un sourire triste.

"Entrez, dirait-elle.

— Merci", dirait-il.

Après un ou deux moments maladroits, elle proposerait de préparer du chocolat chaud, il accepterait et, avec leurs tasses, ils iraient s'asseoir sur le canapé. Ils bavarderaient pendant un quart d'heure, vingt minutes, et elle lui raconterait ses problèmes – mais, lui, il ne lui parlerait pas des siens –, puis il lui poserait la main sur l'épaule, puis sur la cuisse, puis il l'embrasserait et sa main lui effleurerait la poitrine – accidentellement, bien sûr ; Patrick n'est pas un porc – et ça paraîtrait tout naturel. Elle prendrait ses mains dans les siennes et dirait :

"Allons dans la chambre.

— Vous êtes sûre ?" demanderait-il.

Elle hocherait la tête.

5

Avec les lumières allumées dans le salon et la fenêtre fermée, Diane Myers peut voir son propre reflet qui la dévisage, mais aussi voir à travers son reflet, dans la cour éclairée.

C'est comme de regarder son propre fantôme.

Ses cheveux sont soigneusement coiffés, ses seins maintenus par la dentelle de son déshabillé. Ses épaules sont plus larges qu'elle ne le souhaiterait, mais elle s'y est habituée, et elle aime ses bras. Ils sont minces mais puissants, et même si son âge commence désormais par un quatre, sa peau est encore laiteuse et lisse. Elle n'est que légèrement maquillée.

Elle regarde l'horloge sur le mur, une horloge idiote que la maman de Larry leur a donnée, chaque heure représentée par un animal différent, et chaque fois que l'heure sonne, l'animal correspondant fait son bruit.

Il est maintenant quatre heures passées de huit minutes. Aucun doute. Ne vient-elle pas d'entendre le cochon grogner, et le cochon n'est-il pas l'animal de quatre heures ? Dans cinquante-deux minutes elle entendra la vache mugir, et une heure plus tard, à six heures, le coq chanter.

Elle se concentre à nouveau sur son reflet, sur ce fantôme d'elle-même flottant à dix mètres au-dessus du sol dans la cour, qui l'observe tout en trônant sur son propre canapé fantôme, au milieu de son propre salon fantôme. Son fantôme est-il plus heureux qu'elle ? Etre désincarné tout en restant conscient aurait ses avantages. Les murs et les portes fermées ne pourraient plus vous arrêter. Plus de mal au dos, plus de torticolis. Plus de fausses couches d'enfants auxquels on a déjà donné un nom. Quoi qu'il en soit, Diane est quasiment sûre de ne plus avoir envie du bébé de Larry. Peut-être est-ce même pour le mieux qu'elle ne l'ait jamais porté à terme.

Qu'est-il arrivé à leur amour de jeunesse, empli d'espoir ? Qu'est-il arrivé à la façon qu'ils avaient de se tenir toujours par la main lorsqu'ils marchaient ensemble ? A la façon qu'ils avaient de se regarder dans les yeux à des moments incongrus, quand ce seul contact visuel les assurait de leur amour mutuel ? A croire qu'il s'agissait de deux êtres entièrement différents de ceux qu'ils sont aujourd'hui.

La porte d'entrée s'ouvre derrière elle.

Elle se lève et se tourne.

Larry entre. Regardez-le avec son ventre de gros plouc, son crâne chauve et cette espèce d'ombre grise qui lui tient lieu de barbe, comme de la mousse grisâtre sur un fromage trop vieux. Regardez comme il est même devenu trop gras pour sa chemise de bowling extra-large (achetée il y a un an à peine), son ventre faisant tellement pression qu'on voit la peau entre les boutons.

Krouik-krouik, en effet. L'heure du cochon, c'est le cas de le dire.

Larry lui adresse un hochement de tête et pose son sac de bowling près de la porte.

“Salut chérie. On dirait bien qu'il va pleuvoir. T'as écouté la météo ?

— Où tu étais ?

— Et si tu commençais par me dire bonsoir ?

— Ça fait deux heures que le bowling est fermé. Je t'attendais.

— C'est pas ma faute. Je t'ai pas demandé de m'attendre pour te coucher.

— Tu étais où ?

— Me traite pas comme un enfant qu'est pas rentré à l'heure du couvre-feu. C'est pas parce qu'on en a jamais eu que tu dois me traiter comme un gosse."

Silence. Diane est blessée, maintenant, et en colère, mais elle pense que c'est bien pour ça que Larry a dit ce qu'il a dit : une manière de faire diversion, de donner une autre direction à la dispute. Elle ne compte pas le laisser faire.

"Tu étais où ?" redemande-t-elle.

Il soupire, ferme les yeux en signe d'exaspération, les ouvre à nouveau avec sur son visage cette expression familière de mépris. Ça la rend triste.

"Les gars et moi, on est allés boire un ou deux verres après", explique Larry.

Mensonge.

"Toi, Thomas et Chris ?"

Larry hoche la tête :

"Ouais.

— C'était sympa ?

— Ouais, ça allait."

Et il hausse les épaules, façon de dire : c'était un moyen comme un autre de tuer deux heures, voilà.

"Tu avais dit que tu serais de retour vers deux heures.

— Quelle importance ?

— Ça a de l'importance parce que je t'attendais. Parce que je pensais qu'on allait passer une soirée roman..."

Elle se tait, le son de sa propre voix l'agace. Elle ferme les yeux un moment et essaie de ralentir ses pensées, de se calmer.

"Regarde-moi. J'ai l'air ridicule dans cette tenue.

— Pas du tout", dit Larry.

Mais il ne dit pas qu'elle est belle, qu'il la trouve toujours attirante, sexy.

"Bien sûr que si, insiste Diane en regardant son reflet fantôme dans la vitre. Je suis trop vieille pour m'habiller comme ça sans être ridicule."

Elle le dit à mi-voix, plus pour elle que pour Larry. Mais elle se tourne vers lui.

"Je veux savoir où tu es allé après le bowling. Tu peux au moins me dire ça, s'il te plaît ?

— Tu sous-entends que je mens ?

— Non, je te dis clairement que je *sais* que tu mens – et je veux la vérité.

— De quoi tu parles ?

— Thomas habite au deuxième étage de l'autre côté de la cour, troisième fenêtre en partant de la gauche. Les lumières se sont allumées chez lui il y a deux heures et demie.

— Tu espionnes mes amis maintenant ?

— N'essaie pas de retourner la situation. Je guette sa lumière les soirs de bowling parce que avant, quand elle s'allumait, ça voulait dire que tu arrivais bientôt. Oui, je t'attends. Ce soir je me disais que ce serait peut-être amusant de... Je voulais que ce soit comme avant.

— Tu sais pourquoi t'as vu la lumière chez Thomas s'allumer il y a plus de deux heures ? Parce que sa femme n'attend pas, elle. Il faisait noir là-bas parce que c'est *elle* qui allait se coucher.

— Thomas n'a pas de femme, Larry. Je n'ai jamais parlé à ce type, mais je peux te le garantir."

Peut-être que si elle avait épousé quelqu'un de mieux, elle aurait pu garder un enfant en elle pendant toute la durée d'une grossesse. Peut-être que son corps ne l'aurait pas rejeté comme un parasite. Peut-être que son corps a toujours su ce que son cerveau niait – jusqu'à présent. Larry est une grosse merde et tout ce qu'il touche se transforme en merde. Il sort jouer au bowling et boire et faire Dieu sait quoi d'autre avec son argent à *elle*. Elle travaille toute la journée chez Pete, à faire le service, à apporter aux clients des steaks carbonisés et des filets de poulet pas assez cuits, et ses chevilles enflent, ses bras lui font mal, elle doit supporter Gary, le gérant aux mains baladeuses, tout ça pendant que Larry, lui, reste assis à lire des romans militaires et à regarder la télé, et quand elle rentre, il sort, part dépenser l'argent de ses pourboires en bières et en Dieu sait quoi d'autre.

Larry s'extirpe de ses chaussures de bowling, les balance vers la porte, à côté de sa boule de bowling qui attend déjà le rendez-vous de la semaine prochaine.

"Bien sûr que si, il est marié, dit Larry. Il ne parle pratiquement que de ça. De son épouse et de sa fille.

— Ne change pas de sujet, dit Diane en secouant la tête. Je veux savoir où tu es allé après le bowling.

— C'est toi qui as changé de sujet.

— Tu étais où ?"

Larry ne répond rien. Avec ses maudites chaussettes puantes aux pieds, il s'approche de la fenêtre et regarde dehors, dans la nuit.

Diane suit son regard, dirigé vers l'appartement de Thomas. Elle aperçoit Thomas, assis dans son fauteuil, à droite dans son salon. Il semble avoir les yeux perdus dans le vide. Elle se demande s'il n'est pas en train de contempler son propre fantôme, flottant de l'autre côté de sa fenêtre.

Elle l'observe pendant une bonne minute. Il est assis, le regard perdu. Il ne bouge pas.

6

Thomas Marlowe est assis dans un fauteuil tout déchiré, il porte encore sa chemise de bowling qui pue la sueur et ses chaussures multicolores qui lui donnent l'air, il en est certain, d'un parfait crétin. Des mèches de cheveux gris très fins se dressent sur sa tête et des poches de peau grise pendent sous ses yeux. Gris. C'est un homme tout de gris : les cheveux, les yeux, l'humeur. En général pour cette dernière, c'est gris foncé, limite noir.

Une photo d'une femme brune se tenant à côté d'une fillette de dix ou onze ans est posée sur la table basse. Il la contemple un long moment. Le bras de la femme entoure l'épaule de la fillette. Elles sourient. Elles ont des yeux bleus et des dents blanches bien droites. Dans le fond, le Golden Gate Bridge, tout là-bas à San Francisco. Les rayons jaunes du soleil éclairent leur visage juste comme il faut. Elles sont belles.

Il y a d'autres photos de ces deux-là partout dans l'appartement, parfois ensemble, parfois non.

Ici, la femme dans un champ de fleurs jaunes. Là, la fille devant la tour Eiffel illuminée.

Ici, la femme avec une canne à pêche à la main, assise sur un rocher au bord d'un lac. Là, la fille qui rit sur un manège, ses cheveux flottant à l'horizontale derrière sa tête.

Ici, la femme sur un pont tandis qu'un ferry chemine sur l'eau derrière elle. Là, la fille qui lutte avec un chien pour la possession d'un bout de bois.

Thomas n'est sur aucune de ces photos : il peut se voir dans le miroir quand il veut.

Sa main droite serre la crosse du revolver sur ses genoux, un vieux Colt 45 qui appartenait autrefois à son grand-père. Le Colt avait été remis à ce dernier alors qu'il était capitaine dans l'armée ; c'est une de ses rares affaires à leur avoir été restituées. Il y avait également une paire de bottes et une plaque d'identification ronde. *Marlowe, William P. 688436. Capt. USA.* Le Colt 45 est un revolver semi-automatique, mais Thomas ne croit pas qu'il pressera deux fois la détente ce soir.

Il le lève et appuie le bout dangereux contre sa tempe. Le bout qui ne promet rien, ce qui est exactement ce que Thomas souhaite – rien, le doux néant.

Il ferme les yeux, tâchant de trouver le bon moment pour presser la détente, entre ses respirations, mais il y a cette foutue musique qui vient de l'appartement du dessous, et elle bat en lui comme un second cœur qui n'est pas réglé sur le premier.

Il frappe par terre du pied.

"On peut pas avoir un peu de calme ici, bon sang !"

Au lieu de diminuer, le volume de la musique augmente.

Une femme rit.

Un bref instant, Thomas songe à courir en bas, à enfoncer cette foutue porte et à mettre une balle dans le crâne de tous ceux qui se trouvent là, puis plusieurs balles dans leur putain de tourne-disque, histoire de voir le bois et le vinyle voler en éclats. Alors là il pourrait avoir un peu de silence, un peu de tranquillité, il pourrait trouver ce moment de calme entre ses respirations.

Mais peut-être n'est-ce pas la faute de ces gens s'il n'arrive pas à réfléchir. A aucun moment cette nuit il n'est parvenu à penser correctement. Trois parties, et son meilleur score a été 166. Pas terrible pour un type dont la moyenne est 190.

A vrai dire, ça fait un bail que les choses ne vont pas bien pour lui.

Il se frotte les yeux et appuie à nouveau le canon contre sa tempe.

Il pense à la baïonnette dans la malle de son grand-père, à la boîte en carton contenant ses médailles, à la paire de bottes que personne ne met plus.

Il ferme les yeux.

Il éloigne le revolver de sa tête, le pose sur la table basse. Il se demande qui a inventé le nom "table basse". Il se lève et va dans le couloir. Il se demande qui a choisi le nom "couloir". Il se demande qui a été la première personne à nommer quelque chose. Comment quelqu'un a-t-il pu voir un chien et décider de l'appeler "chien" ? Ça paraît si arbitraire. Tout est si arbitraire, bon sang.

Dans sa chambre, Thomas trouve un tas de factures sur la commode. Il ne veut pas écrire sur les factures elles-mêmes – il faut qu'il les paie –, alors il prend une de leurs enveloppes, dans l'idée de se servir du dos.

Puis il rit.

Payer ses factures ? Comment va-t-il faire ça d'outre-tombe ?

Mais quelqu'un devra peut-être quand même les payer – ou au moins déterminer le montant des dettes qu'il a accumulées avant sa mort. Il ne sait pas vraiment comment ces choses se passent.

Après avoir perdu une minute encore à remuer des objets sur la commode, il trouve un crayon et regagne le salon.

En marchant, il regarde la moquette et se demande quand il a passé l'aspirateur pour la dernière fois. Quelques traces du balai sont encore visibles sous une ou deux tables, mais à part ça rien n'indique qu'on ait jamais fait le ménage ici. Des pièces d'un *cent*, des bouts de papier déchiré, des miettes d'on ne sait trop quoi jonchent le sol.

Il se demande s'il ne devrait pas passer l'aspirateur maintenant, avant d'aller plus loin. Il imagine que quelqu'un devra nettoyer l'appartement, enlever toutes ses affaires, les trier, voir ce qui pourra être vendu afin de payer les dettes qu'ils calculeront à partir de ses factures, etc. Peut-être que passer l'aspirateur leur facilitera la tâche. Enfin, quoi qu'il arrive, il leur faudra probablement changer la moquette. Même s'il ne laisse pas de cervelle dessus – et il ne voit pas comment éviter ça – il s'écroulera sûrement par terre, et si une semaine passe avant que quelqu'un ne le trouve, son corps aura commencé à fuir, et la moquette sera foutue.

Ouais, pas la peine d'aspirer. Autant en finir le plus rapidement possible.

Il se rassoit dans son fauteuil, se penche en avant pour pouvoir écrire appuyé sur la table basse, se fige. Il tapote le bout du crayon contre la table, réfléchissant à ce qu'il pourrait dire. Il se demande qui a été le premier à appeler un crayon "crayon".

A qui de droit – écrit-il, pas très satisfait du formalisme de son entrée en matière, mais il poursuit quand même –, *enfin si "qui de droit" est concerné par cette lettre, ce dont je doute : Rien de tragique ne m'est jamais arrivé. Vous ne trouverez aucune raison justifiant mon acte. Vous ne trouverez qu'une absence de raisons. Je n'avais tout simplement plus de raisons de continuer à me réveiller chaque matin. Pourquoi monter en voiture quand on n'a nulle part où aller ?*

Il signe.

Il relit deux fois son mot, hoche la tête et pose le crayon.

Il saisit le revolver et le presse sur sa tempe pour la troisième fois.

Il se demande pourquoi il n'y a pas de bonnes plaisanteries sur le suicide. Le suicide, c'est assez drôle, quand on y réfléchit, c'est assez ridicule.

Il reste assis avec le canon appuyé contre son crâne pendant près de deux minutes, puis le repose sur la table et se lève.

Thomas a deux complets, un correct et un beau. Le complet correct est gris clair et irait pour un entretien d'embauche ; le beau complet est noir, en tissu de grande qualité, et conviendrait pour des funérailles ou d'autres occasions solennelles. Thomas enfile celui qui est correct. Il veut avoir l'air digne quand ils le trouveront, même si son corps est gonflé, même si le sang qui stagnera dans ses membres inférieurs se met à suinter à travers ses pores comme de la transpiration, mais il ne veut pas abîmer son beau costume. Ils en auront besoin pour l'enterrer.

Devant le miroir de sa commode, il ajuste sa cravate, puis prend un peigne posé sur le meuble, le lèche et essaie de rabattre ses mèches de cheveux gris. Elles restent aplaties quelques secondes avant de remonter d'un coup.

"Et merde !"

Il se lèche le bout des doigts et essaie de plaquer ses cheveux, mais rien n'y fait.

Il sent son estomac se nouer, comme chaque fois qu'il perd le contrôle d'une situation.

Un jour, il y a quinze ans environ, il avait un filament de viande coincé entre deux dents, des molaires tout au fond à gauche, et il avait essayé encore et encore de l'extirper avec la langue, sans succès, et son estomac s'était peu à peu noué. Alors il avait essayé avec un ongle, mais ça n'avait pas marché non plus. Il dînait avec une femme du boulot, assis en face d'elle au restaurant, et il s'était efforcé de ne pas y penser. Mais il n'y arrivait pas. Et chaque fois qu'il y repensait, chaque fois que sa langue touchait le filament par accident, là-bas au fond, coincé entre les deux dernières molaires en bas à gauche, son estomac se serrait davantage, il en devenait malade, il sentait le goût de la bile qui lui montait dans la gorge.

Au bout du compte, il avait dû s'excuser, quitter la table. Il était allé aux toilettes, se maudissant d'avoir commandé du rosbif, mais malheureusement le filament ne voulait pas partir. Il ne parvenait pas à enfoncer la main dans la bouche correctement, l'angle n'était pas le bon, le filament était trop au fond, mais il avait quand même essayé de glisser les doigts le plus loin possible, d'arracher ce bout de viande entre ses dents, et, à cause de la nausée qu'il ressentait du fait d'avoir perdu le contrôle, de ne pas être en mesure de régler ça, en plus d'avoir la main quasiment enfournée dans la gorge, il avait fini par vomir dans le lavabo.

Par chance, personne d'autre ne se trouvait dans les toilettes à ce moment-là, et il avait réussi à nettoyer le lavabo et à se rincer la bouche sans qu'on le surprenne. Mais il avait dû écourter le dîner pour pouvoir rentrer chez lui et extraire le bout de viande avec du fil dentaire et, jusqu'à ce qu'il y parvienne, il avait continué d'avoir l'estomac noué et mal au cœur.

"Ces cheveux seront collés sur un mur dans cinq minutes, de toute façon", observe-t-il à voix haute en contemplant dans le miroir ses mèches dressées.

Il hoche la tête, même s'il n'est pas vraiment soulagé.

"C'est vrai, t'as raison."

Mais alors une idée lui vient.

Il repose le peigne et cherche une paire de ciseaux.

Thomas est de retour dans son fauteuil, vêtu de son costume correct, les mèches coupées. Ses yeux sont fermés. Le revolver est dans sa main droite, appuyé contre sa tempe. Il expire longuement et, juste quand il approche du moment parfait, ce calme entre deux respirations où le monde entier marque une pause, on frappe à la porte.

Il ouvre ses yeux humides et rouges. Il avale sa salive.

Il se sent un peu désorienté.

Comment se fait-il qu'il soit encore en vie ?

Il pose le revolver sur l'accoudoir du fauteuil.

Il n'aurait pas dû traîner autant. Maintenant quelqu'un est là. Maintenant il va falloir qu'il se débarrasse de la personne qui se trouve de l'autre côté de la porte, quelle qu'elle soit, avant de pouvoir faire ce qu'il a à faire. Il a toujours une bonne excuse, cela dit, non ?

"Qui est là ?

— Combien de personnes tu as appelées ?

— Trois ou quatre – répond Thomas, qui se souvient alors de la série de coups de fil qu'il a passés il y a plus d'une heure –, mais tu es le seul qui a décroché.

— Il faut quand même dire, remarque la voix, que tu as appelé à une heure parfaitement ridicule.

— Je savais que tu serais réveillé."

Thomas s'approche de la porte d'entrée, ôte la chaînette, tourne le verrou, la poignée, ouvre.

Sur le palier se tient Christopher, vêtu d'un jean avec un revers, de ses chaussures noires de bowling et d'une chemise de bowling de la même couleur que celle de Thomas. Et que celle de Larry. Ses cheveux sont noirs, avec à peine une touche de gris sur les tempes. Ses yeux sont verts, perçants, tachetés de marron. Sa mâchoire est carrée et sa barbe d'un jour – et d'une nuit – lui donne une teinte bleu-vert.

"Qu'est-ce qui s'est passé ? demande Christopher en entrant dans l'appartement sans attendre qu'on l'y invite et en se mettant à inspecter les lieux. Ta femme est là ?"

Thomas secoue la tête :

"Non. Elle est en voyage, elle rend visite à sa sœur en Californie."

La Californie a toujours été un rêve pour Thomas, l'équivalent du paradis de son imagination agnostique. C'est en partie la raison pour laquelle il n'y est jamais allé : il ne voulait pas que le rêve soit gâché par la réalité, comme il savait que ça se produirait.

L'année de ses dix ans, en 1929, quand sa maman était partie pour de bon – le laissant avec sa mamie, qui se sentait seule depuis que la Grande Guerre avait fait d'elle une veuve –, elle lui avait dit qu'elle partait à Hollywood pour devenir une star de cinéma. Pendant les deux années suivantes, Thomas avait rêvé de se rendre en Californie lui aussi, de grimper dans un bus. Il remplirait une valise, prendrait vingt dollars dans la tirelire de mamie réservée aux urgences, et s'en irait. Sa maman serait facile à trouver car son nom serait affiché en néon, et il emménagerait dans son manoir à l'épaisse moquette blanche dégageant la même odeur que l'herbe sous vos pieds à sept heures le matin, une odeur de parfaite fraîcheur ; jamais plus il ne respirerait la puanteur de sa mamie, jamais plus il n'entendrait son rire effrayant interrompu par une quinte de toux quand elle écoutait des émissions à la radio, jamais plus il ne la verrait cracher une boule de glaire dans son mouchoir avant de le replier soigneusement comme si elle la conservait pour plus tard.

Va jouer, lui ordonnait-elle toujours, agitant une cigarette maculée de rouge à lèvres entre deux doigts fourchus couverts de taches de vieillesse, *mamie écoute ses émissions.*

"Et ta fille ? demande Christopher.

— Elle est partie en Californie, elle aussi.

— En plein milieu de l'année scolaire ?

— Pour les vacances de Pâques, explique Thomas.

— Je croyais que c'était le mois prochain."

Thomas hausse les épaules :

"Des vacances de Pâques anticipées."

Il referme la porte d'entrée, tourne le verrou.

Christopher s'approche du revolver sur l'accoudoir du fauteuil, le prend et le soupèse.

"C'est quoi ?

— Un distributeur de bonbons PEZ.

— Il est chargé.

— J'aime faire le plein de bonbons."

Christopher repose le revolver et prend l'enveloppe sur laquelle Thomas a écrit sa lettre de suicide. Il la lit.

"Bon Dieu, Thomas. Aucune raison de se réveiller le matin ? Tu as une femme et une fille. Je pense que ça en fait deux. Il y a des gens qui n'ont vraiment rien, mais ils trouvent encore des raisons de se lever chaque jour."

Thomas se gratte la joue, sent les poils.

"J'aurais dû me raser.

— Quoi ?"

Il secoue la tête.

"Rien… Je ne pense pas qu'il y ait rien d'admirable à rester en vie juste pour rester en vie. Si on n'a pas de raison de se réveiller le matin… enfin, à part le boulot… à quoi bon ?

— Tu en as une, de raison. Tu en as deux. Tu as ta femme et ta fille.

— Mais si c'était pas le cas ?

— Mais c'est le cas, rétorque Christopher. Si c'était pas le cas, tu te trouverais d'autres raisons. Ce qu'on n'a pas le droit, c'est de baisser les bras et de se déclarer vaincu. On n'abandonne pas.

— Pourquoi pas ? Qu'est-ce que la vie a de si spécial ?"

Christopher l'observe un long moment en silence, puis déclare :

"C'est tout ce qu'on a."

En dessous, quelqu'un change de disque et monte encore un peu plus le son.

Thomas tape furieusement du pied.

"Vous allez baisser cette merde !? gueule-t-il avant de se tourner vers Christopher : Je suis à deux doigts de tuer quelqu'un, putain !

— Tu veux que j'aille leur parler ?"

Thomas secoue la tête, souffle, vide ses poumons, tâchant de se calmer.

"Non. Ils sont jeunes, débordants de vitalité, dit-il avant de pousser un soupir. Le temps qui passe se chargera d'eux.

— De nous tous."

Thomas hoche la tête, approuvant.

“Alors pourquoi tu veux précipiter les choses ?”

Thomas ouvre la bouche pour parler, mais rien ne sort.

7

“Quel vilain garçon !” lui dit Bettie Paulson en gloussant, tandis qu’il lâche le bouton de réglage du son de la platine.

Et effectivement, jamais de sa vie il ne s’est comporté en aussi vilain garçon – jamais il ne s’est senti aussi coquin.

Si quelqu’un avait dit à Peter Adams il y a encore une semaine qu’il se trouverait bientôt dans une chambre – la sienne – en compagnie de l’épouse d’un collègue de bureau en tenue d’Eve, alors que sa propre épouse est dans la pièce d’à côté, il ne l’aurait pas cru.

Peter a trente-trois ans et c’est un garçon propre sur lui. Il va chez le coiffeur une fois par semaine, qu’il en ait besoin ou non. Il a un léger ventre à bière, qui à l’instant déborde par-dessus son caleçon blanc, mais malgré la petite bedaine et le fait qu’il ait passé trente ans, il est évident qu’il s’efforce de prendre soin de sa personne. Impossible de l’imaginer avec de la crasse sous les ongles ou un marteau à la main ; c’est un homme qui appelle le plombier quand il faut déboucher les W.-C.

Peter croise les doigts derrière la tête et balance les hanches.

“Ça te plaît, hein ?

— Oh oui", dit Bettie.

Peter prend son whisky à l'eau sur la commode, là où il l'a posé quand il a décidé de changer le disque. Le verre a laissé un anneau de condensation. En voyant le cercle, Peter s'en veut de ne pas avoir utilisé de dessous-de-verre. Il songe à quitter la pièce pour aller chercher de l'encaustique et un chiffon. Il ne voudrait pas qu'il reste une trace sur la commode. Mais il lance un regard vers Bettie, assise toute nue sur le lit : elle l'attend, ses seins en forme de poire avec leurs grands mamelons rose clair ne demandent qu'à être caressés et embrassés, et il se contente d'essuyer l'humidité sur la commode du plat de la paume, puis de sécher sa paume contre son caleçon.

Il mettra de l'encaustique demain.

Peter boit une lampée de whisky et se tourne vers Bettie, essayant d'oublier l'anneau de condensation.

"Où en étions-nous ?" demande-t-il.

Bettie lui adresse un sourire coquin, un petit frisson tout mignon lui remonte l'échine, elle bombe la poitrine en avant.

"Je crois, dit-elle, que tu étais en train de m'embrasser les seins."

Peter s'avance tranquillement vers elle, tout sourire.

"Ah bon ?"

Bettie hoche la tête.

"Tu es sûre ?"

Elle hoche la tête à nouveau.

"Les deux ?

— Surtout celui de gauche, je crois, dit Bettie. Les hommes préfèrent toujours celui de gauche, c'est bizarre.

— C'est peut-être parce qu'il est plus gros que celui de droite.

— Ah, tu as remarqué.
— Je suis un fin observateur, dit Peter.
— On dirait.
— Je peux embrasser celui de droite s'il se sent négligé.
— Oui, je crois qu'il se sent négligé. Je crois que tu devrais."

Peter rampe jusqu'à elle sur le lit, puis promène sa langue autour de son aréole.

"Comme ça ?" demande-t-il.

Bettie bascule en arrière, attirant Peter sur elle.

"Comme ça", dit-elle.

Le verre de Peter gicle, il tend le bras à l'aveuglette, cherchant à le poser sur la table de nuit. Avec Anne, ils ont acheté des plaques de marbre pour leurs tables de nuit, il y a quelques années, pour ne pas avoir besoin de dessous-de-verre. C'était une décision intelligente car quand on est fatigué, qu'on se réveille en pleine nuit pour boire une gorgée d'eau, on ne pense pas toujours à viser le dessous-de-verre. Une surface en pierre élimine ce problème. Peter lâche le verre alors que celui-ci est à moitié dans le vide, le verre claque contre la pierre et tombe par terre. Il heurte le sol à un angle oblique, et l'impact agit comme un chien de revolver, propulsant les glaçons et le liquide marron sur la moquette blanche.

"Et merde !" s'exclame Peter.

Encore une tache à nettoyer. Celle-là, il devrait s'en occuper maintenant. S'il la laisse pénétrer dans la moquette, elle ne partira jamais. Même s'il réussit à l'enlever demain matin, la poussière se fera toujours un nid à cet endroit-là et, chaque fois qu'il se couchera, il verra cette trace en forme de test de Rorschach et se maudira. Il s'apprête à descendre du lit…

Bettie l'attrape par la nuque et l'attire vers son sexe humide.

"Oublie ce verre."

Soudain, c'est vrai, c'est très facile de l'oublier.

"Il te fait ça, ton mari ?" demande Peter avant d'enfoncer son visage dans les plis de la chair de Bettie, dans son odeur, dans ses poils noirs qui lui chatouillent l'arête du nez.

"Pas de cette façon-là", dit Bettie en soulevant son bassin vers le visage de Peter.

Elle ne le regarde pas lorsqu'elle prononce ces mots ; elle regarde par la fenêtre, dans la cour. Ses yeux sont opaques et distants, mais elle continue à se frotter en rythme contre son visage.

Il se demande brièvement à quoi elle pense, puis décide qu'il s'en fiche.

8

Devant la fenêtre de son salon, Frank Riva, un homme noir plus proche de la cinquantaine que de la quarantaine, regarde par-delà son reflet dans la vitre et par-delà la cour éclairée, vers une chambre où un type au physique un peu mou, du genre avocat, a le visage enfoui dans une chatte.

Frank n'est vêtu que d'un jean. Son torse est nu, sauf si l'on tient compte de la petite touffe de poils noirs sur sa poitrine et du tatouage à peine visible au-dessus de son pectoral gauche, qu'il s'est bêtement fait faire quand il était dans l'armée.

Au bout d'un moment, il se désintéresse de la fenêtre et se tourne vers sa femme, Erin. Elle a environ cinq ans de moins que lui et elle est blanche. Elle mesure également dix centimètres de moins que lui, et la coupe au carré de ses cheveux blond roux est très mignonne. Elle porte encore son uniforme d'infirmière, que Frank a toujours trouvé sexy. Même quand elle ne revient pas du boulot, il lui demande parfois de le mettre avant qu'ils fassent l'amour, rien que pour pouvoir le lui ôter. Elle porte aussi ses chaussures d'infirmière, ce qui est inhabituel. Normalement, elle les enlève avant même d'avoir refermé la porte derrière elle mais, ce soir, elle a à l'esprit des choses plus importantes que ses chaussures.

Quand ils se rencontrèrent en 1943, ils n'avaient pas encore trente ans, même si Frank s'en approchait. Il sortait tout juste de l'armée et travaillait comme mécanicien à la ferme de la famille d'Erin, réparant des tracteurs et d'autres machines, vivant dans une grange derrière la maison et dormant sur une couverture verte qui le grattait, qu'il étendait sur du foin humide et puant, utilisant en guise d'oreiller un sac de l'armée rembourré avec l'un de ses deux pantalons, repoussant de la main les rats qui sortaient du foin la nuit et priant pour ne pas se faire mordre, économisant l'argent qu'il gagnait, espérant lancer un jour sa propre affaire, un garage avec un panneau devant et tout le tremblement. C'est à ça qu'on l'avait formé à l'armée, à la mécanique. Il avait passé ses deux années de service – de janvier 1941 à janvier 1943 – à réparer des jeeps à Camp Gordon en Géorgie. Il n'avait jamais quitté le pays, n'avait jamais tiré sur un Allemand, n'en avait même jamais rencontré. Il vit Erin pour la première fois trois mois après son arrivée à la ferme. Elle était rentrée de l'université pour l'été. Il l'aperçut en train de cueillir des figues sur un arbre derrière la maison, et c'est là qu'elle le vit pour la première fois elle aussi. Tous deux arrêtèrent ce qu'ils étaient en train de faire et se regardèrent. Ce moment dura, puis il passa : le papa d'Erin, M. Gregory, posait une question à Frank.

"Quand vous croyez qu'il sera réparé, ce tracteur ?

— Devrait être prêt dans l'heure qui vient", répondit Frank.

Mais M. Gregory avait dû remarquer quelque chose, parce que ses yeux allèrent de Frank vers Erin, puis à nouveau vers Frank, et même si Erin s'était remise à cueillir des figues et ne regardait pas dans leur direction, M. Gregory dit :

"Vous êtes un brave type, Frank. Un bosseur. Honnête. Je vous aime bien, Frank…

— Moi aussi, monsieur.
— ... mais hors de question que ma fille se retrouve avec un négro. Le prenez pas personnellement, d'accord ? Comme je l'ai dit, je vous aime bien. Mais n'y pensez même pas. Vous me saisissez ?"

Frank tenait une clé dans sa main droite à ce moment-là, et il lui fallut toute la maîtrise du monde pour ne pas lever le bras et l'abattre sur la tempe gauche de M. Gregory, ne pas lui briser le crâne comme un œuf, mais garder l'air tranquille et enfouir sa colère bien profondément, là où son patron ne la verrait pas.

"Frank, reprit M. Gregory, on se comprend ?
— Oui, monsieur."

M. Gregory sourit, tapota le bras de Frank.

"Un vrai bon gars, reprit-il. Ça me fait plaisir. Si vous étiez blanc, je vous présenterais à elle moi-même. C'est dire tout le bien que je pense de vous.
— Merci, monsieur", répondit Frank entre ses dents.

M. Gregory hocha la tête et s'éloigna, se disant probablement qu'ils venaient d'avoir une bonne conversation, d'homme à homme, et qu'ils se comprenaient.

Mais à peine sept semaines plus tard, six semaines après sa première conversation avec Erin, Frank se réveilla encerclé par les flammes. M. Gregory avait découvert le pot aux roses. Frank ne savait pas comment. Il n'avait fait que parler à Erin. En privé, oui. A propos de l'avenir qu'ils pourraient avoir ensemble, certes. Mais seulement parler. La première fois, c'était une semaine après que M. Gregory l'avait prévenu de se tenir à distance de sa fille, puis par la suite, ils avaient trouvé un moment pour se voir seuls chaque jour. Soit quelqu'un avait vendu la mèche, soit Frank et Erin n'avaient pas fait aussi attention qu'ils le croyaient à ne pas être remarqués par

M. et Mme Gregory ; quoi qu'il en soit, M. Gregory avait inondé d'essence sa propre grange, puis allumé une allumette. Le bois, sec, brûla rapidement. Quand Frank se réveilla enfin, il se trouvait au milieu de flammes orange et blanc, les planches craquaient, explosaient, des morceaux de toit s'effondraient autour de lui, il toussait violemment, s'étouffait, ses yeux le piquaient, pleuraient, il ne savait pas par où sortir, mais il se leva, aveuglé, pieds nus, trébucha, tâtonnant, avançant d'un côté – trop chaud, attention, ça brûle par là – puis de l'autre, suivant les petits cris aigus des rats qui fuyaient.

Il réussit à s'enfuir de la grange. Seule sa jambe droite fut sérieusement brûlée. Mais il avait perdu tout l'argent qu'il avait passé des mois à économiser, avait tout perdu sauf les vêtements qu'il portait sur lui. Et il dut quitter la ville. Autrement, il aurait fini pendu à un arbre.

Il resta quand même dans le coin pendant les deux jours qui suivirent l'incendie, dormant dans les bois la nuit. Il se cachait dans la journée, mais lorsqu'il trouva une occasion d'être seul avec Erin, il ne la rata pas, et il lui demanda de venir avec lui, de quitter la ville avec lui pour qu'ils puissent être ensemble.

Ils partirent vers le nord le soir même. En stop.

Ils s'aperçurent rapidement qu'il fallait utiliser Erin comme appât ; Frank ne se montrait qu'une fois que la voiture ou bien le camion s'était arrêté. Même alors, le conducteur lâchait souvent quelque chose du genre : “Vais pas prendre en stop un nègre, une fille qu'aime les nègres”, et repartait. Mais, la plupart du temps, ils réussissaient à avancer un peu. Quoi qu'il en soit, s'ils se tenaient tous deux sur la route, jamais personne ne s'arrêtait.

Et maintenant les voilà, vingt et un ans plus tard, qui ont encore des ennuis – de gros ennuis.

“Tu es sûre, demande Frank, que c’est bien une *personne* que tu as percutée, et pas autre chose ?”

Erin hoche la tête, les yeux emplis de panique.

“Comment tu le sais ?

— J’ai vu…” Elle s’interrompt, ferme les yeux comme pour rejouer la scène dans sa tête, puis les rouvre et fixe Frank. “J’ai vu la poussette dans mon rétroviseur.

— Tu as percuté un bébé ?”

Erin hoche la tête et se met à pleurer.

“Oh merde”, dit Frank.

Ce qui fait redoubler les pleurs d’Erin.

“Calme-toi”, dit Frank, avant d’enchaîner : “Oh merde, merde, *merde*.”

Il va à la fenêtre.

De l’autre côté de la cour, un homme nu est en train de besogner une femme nue. On dirait que la femme regarde par la fenêtre, vers Frank, en fait, ses yeux blancs dépourvus d’émotion.

Il se détourne. Fait les cent pas. Regarde Erin.

“Quelqu’un t’a vu ?”

Erin lève les yeux vers lui, sèche ses larmes, étalant son mascara et se donnant l’air d’un raton laveur. Sa poitrine se soulève, redescend, elle se force à respirer lentement pour se calmer.

“Je ne sais pas”, finit-elle par dire.

Bien sûr que quelqu’un l’a vue, pense Frank. Le bébé n’a pas conduit sa poussette tout seul au milieu de la rue, si ?

Il fixe Erin des yeux mais elle ne répond pas.

“Tu n’as rien vu à part la poussette ?

— Non. J’ai eu peur. J’ai juste… continué de rouler. Pardon. J’ai eu tellement peur.

— Alors tu n’es pas sûre que le bébé soit mort.

— Non, mais…

— Est-ce qu’il y a du sang sur la calandre de la voiture ?

— Je ne sais pas. Je n'ai pas regardé. Bon Dieu, Frank, tu crois que je l'ai tué ?

— Je ne sais pas, chérie", dit Frank avant de s'approcher de la fenêtre pour regarder dehors, puis de se retourner vers sa femme, contre qui il est en colère, et pour qui il a peur. "Mais je vais pas tarder à le savoir."

Il va prendre son T-shirt sale drapé sur l'accoudoir du canapé. Le T-shirt est maculé de cambouis, les aisselles sont jaunes de sueur. Il remet le T-shirt à l'endroit et l'enfile.

"Et si quelqu'un reconnaît la voiture et croit que c'est toi le coupable ? demande Erin.

— Alors je les laisserai croire ça, dit Frank. Parfois les gens paient pour les erreurs des autres. Tu es ma femme. Je paierai pour les tiennes s'il le faut."

Frank prend les clés sur le crochet à côté de la porte, l'ouvre.

"Je reviens dans un moment.

— Quand ?

— Je ne sais pas, dit Frank. S'il n'y a personne et que le bébé est mort, ou s'il n'y a personne et que la poussette n'est plus là, alors je serai de retour bientôt. Il n'y a rien que je puisse faire dans ces cas-là, n'est-ce pas ? Mais s'il y a quelqu'un sur place et que cette personne reconnaît la voiture, peut-être que je ne reviendrai pas avant plusieurs années. Alors non, je ne sais pas. Voilà ce que je sais : il est possible qu'il y ait un bébé blessé au bord de la route, et je peux peut-être lui sauver la vie. Si mince que soit cette chance, si je n'y vais pas pour m'en assurer, qu'il est là-bas et qu'il meurt parce que j'ai eu peur de m'attirer des ennuis, tu ne crois pas que j'aurai du sang sur les mains ?

— Je ne sais pas, Frank."

Frank hoche la tête.

“Moi si. Je reviens dans un moment. Tu as dit que c’était vers la 20e Rue ?”

Erin hoche la tête.

“OK”, dit Frank.

Il sort sur le palier et referme la porte derrière lui.

9

Derrière le volant d'une Fiat 600 bleu clair modèle 1963 se trouve Nathan Vacanti, qui va sur ses soixante-cinq ans, nom de Dieu, mais qui est pas mal pour son âge s'il peut se permettre de le dire, et il peut, parce qu'il ne se refuse rien – presque rien.

On est juste un peu après quatre heures du matin et Nathan est soûl.

C'est étonnant comme les profs aiment boire, de manière générale. Chaque fois que Nathan se rend à une fête avec beaucoup d'enseignants, quel que soit le niveau ou la matière (même si on peut préciser que les instituteurs semblent adorer le vin blanc, les profs d'histoire préférer le whisky, les profs d'anglais avoir un faible pour le merlot ou le cabernet), il est impressionné par la quantité d'alcool consommée.

A l'exception des feux arrière rouges d'une voiture environ quatre cents mètres devant lui, il n'aperçoit aucun signe de vie. Les immeubles des deux côtés de la route sont plongés dans l'obscurité. Il pourrait être en train de rouler à travers une contrée post-apocalyptique… sauf si on tient compte des feux arrière rouges devant lui.

L'idée de l'apocalypse le fait sourire – ça viendra, si c'est ce que les Russes veulent –, et du bout de son mocassin il appuie sur l'accélérateur.

Il se rapproche de ces feux arrière.

Il monte le son de la radio, qui diffuse une chanson de Buddy Holly & The Crickets : *Not Fade Away*, enregistrée à peine deux ans avant la mort prématurée de M. Holly, selon le DJ de cette plage horaire tardive, Dean "Dino" Anthony.

Maintenant les feux arrière de la voiture ne sont plus qu'à trente mètres. Vingt mètres. Dix mètres. Maintenant il la dépasse sur la droite, une Studebaker, il lance un regard par la vitre et aperçoit une jolie brune, un tout petit bout de femme de la taille d'une enfant de douze ans, puis c'est fini, elle n'existe plus que dans le passé parce qu'il vient de la laisser loin derrière lui.

On ne l'imaginerait pas en le voyant là, bourré comme un coing, pas rasé, les yeux striés de vaisseaux, les lèvres humides et violettes, mais Nathan, ou M. Vacanti, comme il a l'habitude qu'on l'appelle, est un prof d'anglais de classes de cinquième, et ce depuis trente-deux ans. Il a commis quelques erreurs au cours de ces années-là, mais il pense avoir fait plus de bien que de mal. Il l'espère, tout du moins. C'est ce qu'il se raconte.

Devant lui il y a une intersection, un feu tricolore pend entre deux poteaux, oscillant doucement dans la brise nocturne, accroché directement au-dessus de l'asphalte. Un oiseau est perché sur le rebord du feu vert, sa silhouette rétro-éclairée. Puis le vert s'évanouit, cédant la place à l'orange. Nathan écrase la pédale d'accélérateur.

Oui, il a été un assez bon prof pour la plupart de ses élèves ; quelques erreurs n'ôtent rien à tout ce qu'il a fait de bien, pas vrai ?

Le feu passe au rouge, mais Nathan ne songe même pas à s'arrêter. Il file droit dans l'intersection, et il réussit presque à la traverser, avant qu'un gros pick-up vert ne déboule sur lui par la droite. Les phares du pick-up illuminent l'intérieur de la voiture de Nathan à l'instant qui précède la collision, comme la lumière d'un OVNI dans une série B, juste avant l'enlèvement des Terriens.

"Oh merde."

Un bruit comme celui d'une planète explosant lui emplit la tête et il se met à tournoyer. Le monde est un flou coloré sans queue ni tête et la douleur parcourt son corps projeté de tous les côtés à l'intérieur de la voiture. Il tourne dans le sens des aiguilles d'une montre et, bêtement, il se dit que s'il pouvait juste braquer le volant dans l'autre direction, il pourrait se remettre droit, mais au lieu de ça la vitesse et la position des roues finissent par retourner la voiture sur son toit, et soudain le monde est à l'envers. Il aperçoit momentanément le seul phare encore intact du pick-up vert, qui l'éclaire. Mais voilà qu'il a à nouveau la tête en haut, qu'il peut voir les fenêtres obscures d'un immeuble, le reflet de sa propre voiture en mouvement. Puis l'asphalte. Il le voit très nettement : les taches noires de chewing-gums écrasés ; les traces de fuites d'huile. Puis fini le bitume, le monde est à nouveau à l'envers. La voiture fait trois tonneaux avant de s'immobiliser sur le bord de la route, le châssis en l'air, se balançant tout doucement d'avant en arrière. Nathan entend le tintement du verre. A travers le pare-brise en miettes, il distingue le pick-up qui l'a percuté, immobile mais un peu de travers, au milieu de la route, son unique phare éclairant la traînée de débris que Nathan a laissée derrière lui. Des bouts de verre, des morceaux de métal. Sa roue de secours roule en cercles de plus en plus petits sur l'asphalte gris, puis tombe sur le côté, oscille, cesse de bouger.

"Au secours", tente de crier Nathan, mais ce n'est qu'un grognement dans sa gorge. "Au secours", répète-t-il, et la deuxième fois ça sort.

Mais la personne dans le pick-up vert ne vient pas l'aider. Le pick-up fait marche arrière, se remet dans le sens de la route, ses pneus crissent sous l'effet de l'accélération brutale et il s'éloigne.

S'éloigne.

Disparaît.

Nathan regarde l'endroit où se trouvait le pick-up il y a encore un instant, tandis que du sang venu de quelque part lui coule dans les yeux, puis il essaie d'ouvrir la portière, mais elle est bloquée. Peu importe. Plus de pare-brise : il suffit qu'il se glisse par l'ouverture béante.

Pendant un moment, il cherche à remettre droit son corps tordu dans tous les sens.

Il y a du sang partout, ça doit être le sien, il n'y a personne d'autre ici à qui ce sang pourrait appartenir, mais il ne ressent aucune douleur, et il ne voit pas bien d'où il pourrait couler. Ça semble être plus de sang qu'une seule personne ne peut en contenir, d'ailleurs.

Finalement, il réussit à redonner à son corps un semblant de forme humaine, et il sort de sa voiture en rampant par le pare-brise détruit, du verre s'enfonçant dans les paumes de ses mains et dans ses genoux, à travers son pantalon, à mesure qu'il avance.

Une fois dehors, Nathan essaie de se lever.

Du sang se met immédiatement à dégouliner le long de son visage d'une plaie profonde sur son front. Il tend la main pour sentir d'où le sang peut couler et ses doigts frôlent ce qui semble être un morceau de verre dépassant de son crâne. Il songe à l'extraire, mais décide qu'il ne vaut mieux pas.

S'il saigne autant avec le bouchon dans la bouteille, la dernière chose à faire serait de l'enlever.

Un camion de boulangerie passe devant lui, en route vers les supermarchés où il doit effectuer des livraisons, et Nathan aperçoit le visage du conducteur qui se tourne et regarde vers lui. Il essaie de lever les bras pour demander de l'aide, mais avant qu'il n'y parvienne, le camion vire dans une rue à gauche et disparaît, en direction du Queens Boulevard. Nathan arrive à entendre le léger ronflement de la circulation nocturne sur le boulevard, à peut-être trois rues de là, mais c'est trop loin pour qu'il cherche à s'y rendre.

Il regarde les bâtiments plongés dans l'obscurité autour de lui : rien que des commerces, apparemment, dont les heures d'ouverture sont dépassées depuis longtemps. Il pourrait frapper à chacune des portes de la rue sans jamais obtenir de réponse. Et il n'a pas la force de frapper à chaque porte, de toute façon.

Perdant du sang, il titube vers un magasin de vélos. En s'approchant de la vitrine, il cherche quelque chose qui servirait à la briser. Une pierre ferait l'affaire, mais il n'en voit pas dans les environs. Parvenu devant la vitrine, il s'appuie contre elle avec ses paumes, répandant du sang sur la surface froide et lisse. Il voit son propre reflet qui le contemple. Plusieurs centimètres de verre ensanglanté dépassent de son front comme une étagère. Il se demande si le morceau est planté dans son cerveau, et soudain sa tête le lance. Est-ce qu'il a mal à la tête depuis tout à l'heure ? Sans doute que oui. *A priori* il a mal partout, mais c'est trop pour son système nerveux, qui se concentre sur certaines zones : voir le morceau de verre dépasser de son front isole cette zone.

Soudain Nathan se sent très malade. Il a le vertige. Il faut qu'il entre dans ce magasin avant de s'évanouir. Il faut qu'il entre, et qu'il appelle une ambulance. Sinon il est mort.

Il se remet à chercher de quoi briser la vitrine, ne trouve toujours rien. Il se tourne vers la rue. Un autre véhicule passe – une Cadillac Fleetwood conduite par quelqu'un de si petit que Nathan ne comprend pas comment ce type peut voir par-dessus le tableau de bord – et le conducteur regarde vers Nathan qui agite la main, mais ne ralentit pas. Nathan est presque sûr que la voiture vient d'accélérer, en fait. Puis on ne la voit plus. Il va falloir qu'il brise le verre à coups de poing. Nathan est déjà tailladé de partout ; il ne pense pas que d'éventuelles blessures causées par la vitrine puissent beaucoup empirer son état.

Il recule et cogne, la vitrine se courbe légèrement et fait un drôle de bruit, comme une scie qu'on tord, et elle revient vers lui, vibrant, faisant trembler le reflet de Nathan et de la rue derrière, comme un cheval qui essaie de chasser les mouches sur son pelage.

La lumière de la lune se reflète dans le morceau de verre qui dépasse de son front, il le voit dans la vitrine. Est-il enfoncé très profondément ? Y a-t-il encore dix centimètres de verre dans sa tête, plantés dans son cerveau ? Vient-il de subir une lobotomie par accident automobile ?

Nom de Dieu de merde.

Il tombe à genoux, sur les mains, ressentant aussitôt une douleur aiguë car les petits bouts de verre incrustés dans sa chair s'enfoncent encore davantage. Il vomit sur le trottoir. Tout son corps se contracte à chaque jet, sa mâchoire se bloque en position ouverte, son organisme se vide en l'espace de trois contractions.

Puis c'est fini.

Il respire fort, crache, se mouche le nez, penché sur le trottoir.

Il va mourir ici. Un point c'est tout.

Et alors il le voit. Le panneau publicitaire métallique, posé sur le trottoir. Apparemment, il y a des soldes de printemps ces jours-ci. Apparemment, une réduction de vingt pour cent s'applique sur le prix de tous les vélos du magasin. De tous ces foutus vélos.

Nathan se relève avec difficulté. Avance vers le panneau en titubant.

Etait-il là depuis le début ? Question idiote. Evidemment qu'il était là.

Il le soulève entre ses mains sanguinolentes, se retourne à cent quatre-vingts degrés, vers la vitrine, et le balance. En le lâchant, il continue à tourner sur lui-même et s'écroule sur le trottoir une seconde fois.

Il lève les yeux.

Le panneau métallique suit un léger arc, heurte la vitrine, puis tombe sur le trottoir comme Vil Coyote une fois qu'il s'est rendu compte qu'il a dépassé le rebord de la falaise et qu'il court sur l'air. Il y a un bruit de ferraille quand le panneau s'étale par terre, puis plus rien. La vitrine oscille encore, mais semble tenir bon.

"Et merde, dit Nathan. Putain de merde."

Il va mourir sur ce trottoir.

Tout d'un coup, un point minuscule apparaît là où le panneau a cogné contre la vitrine, à partir duquel celle-ci commence à se fendiller : c'est comme une toile d'araignée qui s'étend dans toutes les directions à partir du point d'impact, rapidement toute la vitre est couverte de fentes. Bientôt on ne voit plus à travers – comme si elle était dépolie – et des bouts de verre, des tout petits bouts, commencent à tomber par terre comme de la neige, tintant contre le béton.

Nathan saisit des gros morceaux de verre et les arrache à la vitrine – peu importe s'il se coupe les mains encore davantage, il veut vivre –, puis se glisse dans l'obscurité du magasin, trébuchant sur des bicyclettes, se relevant plus ou moins, continuant d'avancer en rampant.

Il aperçoit un téléphone accroché au mur derrière la caisse, parvient à l'atteindre, décroche, colle le combiné contre son oreille sanglante et appuie sur les touches pour être mis en relation avec un opérateur.

"Allô ? Au secours. Je me suis tué dans un accident de voiture. Au secours. Je vous en prie."

Avant de mourir, il pourrait presque réussir à leur dire où il se trouve. Mais à ce moment-là le monde vire au noir, et la dernière chose qu'il entend est le bruit de son propre corps s'effondrant par terre.

Puis c'est le silence.

10

Frank sort de la résidence *Hobart Apartments* et se dirige vers le parking du Long Island Railroad de l'autre côté de la rue. Il pense à une poussette renversée au bord de la chaussée à quelques kilomètres de là, pense à cette poussette et à ce qui est peut-être encore attaché dedans, mais alors qu'il marche il aperçoit un homme appuyé contre le tronc d'un chêne, en train de fumer dans l'ombre. Frank discerne la lueur orange de la cigarette dans la nuit, le blanc des yeux de l'homme.

"Excusez-moi, dit Frank. Désolé de vous déranger, vous croyez que je pourrais vous taxer une de vos clopes ?"

La lueur orange de la cigarette oscille de haut en bas et, un instant plus tard, un paquet de cigarettes sort de l'obscurité. Frank en prend une.

"Merci, dit-il avant de coincer la cigarette entre ses lèvres. Pensez que je pourrais vous demander du feu ?"

Une flamme surgit dans le noir. Frank approche sa cigarette et l'allume.

C'est aussi l'occasion de voir pour la première fois le visage de l'homme : un Noir avec des yeux injectés de sang et un menton inexistant, semblant avoir été tranché à un angle de quarante-cinq degrés avec l'aide d'une machette, et un nez en forme de 3 à l'envers. C'est un visage qu'on pourrait oublier facilement – sauf qu'il y a quelque chose qui cloche dans ce visage. Frank ne saurait pas dire quoi exactement. Il n'y a rien de précis à pointer – pas de "voilà où est le problème, monsieur ; je l'aurai réparé en moins de deux" –, mais les morceaux tels qu'ils sont assemblés ont quelque chose de déroutant, comme dans une illusion d'optique, comme dans une œuvre d'Escher.

Puis c'est fini, la main de l'homme ramène le briquet dans l'ombre.

"Merci", dit Frank.

Il se demande ce que ce type fait devant la résidence à plus de quatre heures du matin. Mais c'est une grande résidence et, si ça se trouve, lui aussi habite ici et il est juste sorti prendre un peu l'air. Et puis Frank a d'autres chats beaucoup plus importants à fouetter.

Il tire une bouffée de sa cigarette et traverse la rue, se dirigeant vers sa Buick Skylark de 1953, avec sa capote en toile blanche, remontée, sa peinture rouge qui commence à s'oxyder mais parvient tout de même à luire un peu sous la lumière pâle de la lune. La voiture est légèrement rouillée sur les bords, néanmoins elle est plutôt en bon état. Il y a cinq ans, quelqu'un l'a amenée dans son garage sur la 47e Rue pour faire réparer la transmission, et cette personne n'est jamais revenue. Frank se l'est appropriée.

Par-dessus son épaule, il jette un dernier coup d'œil discret en direction de l'homme au visage qui cloche. Puis, arrivé à la voiture, il sort une lampe de poche de la boîte à gants – qui n'a jamais contenu le moindre gant, autant que Frank le sache – et s'approche de l'avant du véhicule.

Il allume la lampe de poche et dirige le faisceau le long du pare-chocs chromé. Il y a une bosse de la taille d'un poing, là, sur le côté droit. De la taille d'un poing – ou éventuellement d'un crâne de bébé. C'est une bosse peu profonde, deux centimètres maximum, un creux qui s'y trouve peut-être depuis des années. Frank n'est pas le genre d'homme à se soucier de choses comme ça, à vrai dire. Il entretient régulièrement la voiture, ou demande à un des gars de s'en occuper, mais il n'a jamais fait attention aux petites bosses qui peuvent se trouver ici ou là. Pourtant, il est presque certain que celle-ci est nouvelle – qu'elle n'y était pas il y a encore une heure – et qu'elle correspond à peu près à la taille d'un crâne de bébé.

Il éteint la lampe de poche et la range dans la boîte à gants. Il fait le tour de la voiture et glisse son corps massif derrière le volant. Il reste assis un moment à réfléchir.

De la taille d'un crâne de bébé.

Il insère la clé dans le contact et démarre le moteur. Tournant la tête, il quitte sa place de parking en marche arrière, puis met la boîte automatique en marche avant et prend à gauche sur Austin Street.

Buddy Holly est à la radio, il chante *Not Fade Away*, mais Frank y prête à peine attention.

Au moins il n'a trouvé ni sang, ni cheveux, ni chair.

Roulant le long d'Austin Street, il croise une de ses voisines dans sa Studebaker. Il lui semble qu'elle s'appelle Katrina, mais qu'on la surnomme Katy ou Kat. Quelque chose dans le genre, en tout cas. Il l'a aidée à faire démarrer sa voiture un jour. Il lui fait signe de la main et sourit derrière sa cigarette – comme si j'allais juste acheter une bouteille de lait, se dit-il – et Kat le salue aussi. Puis chacun s'en va de son côté de la nuit.

Frank jette un coup d'œil dans son rétroviseur et voit la Studebaker de Kat entrer dans le parking du Long Island Railroad, se garer sur la place qu'il vient de laisser, puis il tourne à droite dans une rue transversale, croisant une voiture de police qui quitte cette même rue, prenant à gauche. Prenant à gauche sur Austin Street. Se dirigeant maintenant vers la résidence de Frank.

Et si les flics venaient chercher Erin ?

Frank range la Skylark contre le bord de la chaussée, met la boîte automatique en position de stationnement et, laissant le moteur tourner, laissant sa portière ouverte, il retourne à pied au coin de la rue pour regarder dans Austin Street, pour voir où va la voiture de patrouille. Elle passe sans s'arrêter devant la résidence *Hobart Apartments*, sans même ralentir, continue son chemin tandis que l'éclat de ses feux arrière diminue.

Dieu merci.

Frank s'autorise à respirer, retourne vers sa voiture et monte dedans. Un moment plus tard, son clignotant cliquetant bruyamment, il s'engage à nouveau dans la rue et reprend sa route.

11

A l'intérieur du véhicule de patrouille, l'officier Alan Kees prend à gauche sur Austin Street et continue de rouler à environ vingt-cinq kilomètres-heure. Il tourne la tête vers un parking et aperçoit une jolie brune sortant de sa Studebaker. Il se dit qu'il pourrait s'amuser un peu avec elle – votre feu de stop gauche marche plus, m'dame ; normalement je devrais établir une contravention, mais je pense qu'on pourrait s'arranger autrement –, puis finalement décide de s'abstenir. Il a des choses importantes à faire ailleurs et, en plus, elle a l'air d'être du genre bagarreuse, ce qui finit toujours mal.

Il poursuit sa route sans plus penser à elle.

Quand Alan Kees a rejoint la police il y a cinq ans, avec toute la maturité d'un jeune homme de vingt-deux ans, il se voyait vraiment faire le bien – protéger les citoyens, assurer leur sécurité – mais, au bout de six mois, cette idée ne lui semblait déjà plus qu'un concept ringard fait pour une époque plus innocente. Il se rendit compte rapidement qu'il existe deux catégories de personnes en ville : les flics et les autres. Et les autres, on peut pas leur faire confiance. Les flics peuvent mentir, ils peuvent voler, mais ils veillent sur vous. Si vous vous retrouvez coincé contre un mur, un autre flic viendra avec une massue faire voler en éclats le plâtre et les lattes de bois qui vous enferment – et d'ailleurs, dix fois sur dix, c'est un civil qui vous aura mis le dos au mur en premier lieu, pas un autre flic. Et c'est pas que les criminels, le problème. Ces connards de militants pour les droits civiques (des cocos, en fait, autant appeler un chat un chat) de l'ACLU et d'autres organisations similaires, avec leurs cris d'orfraie concernant la dignité des citoyens et les abus de la police et d'autres conneries dans le genre, eh bien ils sont tout aussi terribles. Pires encore. Les criminels, au moins, on peut les comprendre. Leurs motivations sont claires et évidentes. Ils vivent dans un monde dur où tu prends ce que tu peux et tu t'y accroches le plus longtemps possible, et si quelqu'un essaie de te l'enlever, tu vois ça comme une menace contre ta vie et tu te jettes sur ces gens toutes griffes dehors, et tu t'arrêtes pas quand ils sont à terre – pas question, mon pote –, tu t'arrêtes que quand ils sont plus capables de se relever, quand ils sont hors d'état de nuire, même si ça veut dire les enfouir sous une demi-tonne de terre fraîche.

Pense à la main droite rougie de Dieu.

Voilà ce que l'inspecteur Sampson dit à Alan il y a cinq ans, quand il entra dans la police, et quand il demanda à Sampson d'expliquer, Sampson répondit :

"C'est de Milton. Il appelle la main vengeresse de Dieu Sa main droite rougie. Bon, ben si la main droite de Dieu est rougie, violente, vengeresse… – il avait du mal à articuler, étant un peu soûl, comme d'habitude – … alors ceux qui s'octroient le plus de pouvoir par la violence sont les plus proches de Dieu, non ? Souviens-toi de ça. Le criminel est plus proche de Dieu que n'importe lequel de ces foutus pacifistes – et ils comprendront jamais ça. Respecte le criminel suffisamment pour le tuer, Alan, parce que sinon c'est lui qui te tuera. Il te tuera et ce sera lui qui se tiendra aux côtés de Dieu à la fin des fins. Lis l'Ancien Testament. Dieu respecte rien autant que la violence." Pendant un moment, son regard s'était perdu dans l'angle de la pièce. "Lis l'Ancien Testament", répéta-t-il pour conclure, avant de descendre une grosse lampée de sa bouteille de poche, sa gorge faisant comme un cliquetis.

Alan hocha la tête, mais il n'avait pas vraiment compris.

Maintenant il comprend.

Alan range sa voiture de patrouille contre le trottoir, derrière une ambulance Ford F-100 garée devant *Al's Coffee Shop*. Assis, le conducteur attend son café et ses beignets, se curant les dents à l'aide d'une pochette d'allumettes en se regardant dans le rétroviseur extérieur. Il a probablement envoyé son collègue chercher leur ravitaillement. C'est un des avantages d'être le conducteur, dans une équipe d'ambulanciers. Ça, et les quelques *cents* de plus par heure.

Alan ouvre sa portière et descend de la voiture.

Il passe à côté de l'ambulance et du conducteur, qui est encore en train de limer ses foutues dents.

"Relâche pas ton effort", lance Alan en passant.

Le conducteur lui fait un salut de la main ironique.

"Toi aussi", répond-il en souriant. Puis, une fois qu'Alan s'est éloigné de quelques pas, il ajoute : "Connard.

— J'ai entendu.

— Bien, dit le type. Maintenant tu sais ce que je pense de toi."

Alan réprime une pulsion violente et tourne le dos à l'ambulance, grinçant des dents.

La dernière fois qu'Alan est allé chez le dentiste, celui-ci a commenté son problème de grincement de dents : "Avant même d'avoir soixante ans, vous n'aurez plus que de petites pointes en guise de dents." Des pointes, ça ne dérangerait pas Alan – tant qu'elles sont bien aiguisées et peuvent arracher la gorge de quelqu'un.

Il pousse la porte de l'établissement.

Duke se tient derrière le comptoir, il tend deux cafés à un auxiliaire médical en uniforme qui a entre trente-cinq et quarante ans. Le type a l'air de n'avoir pas dormi depuis une décennie, des poches sous les yeux grosses comme des vessies de porc.

"Il est sympa, votre pote qu'est dehors", lance Alan.

L'auxiliaire le regarde, ne dit rien.

"Ça sera tout ?" demande Duke.

Bien que cet endroit s'appelle *Al's Coffee Shop*, ça fait au moins quinze ans qu'il n'est plus tenu de près ou de loin par une personne dénommée Al. Duke est le propriétaire-gérant. Alan lui a demandé un jour pourquoi il a appelé le café comme ça, et Duke lui a expliqué que c'était ce qu'il y avait de marqué sur la façade quand il avait pris possession des lieux en 1949, et qu'il n'avait vu aucune raison de changer – *Al's Coffee Shop* c'était et *Al's Coffee Shop* c'est resté.

L'auxiliaire médical continue d'examiner les beignets sous leur vitrine : "Hm. Voyons voir...

— Prends ton temps, marmonne Alan. C'est pas comme si y avait du monde qu'attend."

Jappement de sirène et bref éclair de lumière provenant de l'ambulance dans la rue. L'auxiliaire regarde par-dessus son épaule, puis se retourne vers Duke : "Bon, ça sera tout alors. Combien ?

— Cadeau de la maison, dit Duke. Allez sauver des vies.

— Merci. C'est sympa."

Le type file vers la porte d'entrée. Alan le regarde sortir, sauter dans l'ambulance côté passager ; elle démarre dans une tornade de lumière et de bruit.

Une fois l'ambulance partie, Alan se tourne vers Duke : "Un grand café, d'accord ?

— Non merci, répond Duke. Je suis assez à cran comme ça.

— Quel blagueur. Remplis-moi mon gobelet."

Duke lui tourne le dos, prend un gobelet en carton en haut d'une grande pile, verse.

"Un beignet ?"

Alan secoue la tête.

"Des messages pour moi ?

— Ton téléphone a sonné, dit Duke, mais j'ai pas pu décrocher.

— Pas *pu* ?"

Duke hoche la tête.

"T'as pas pu décrocher.

— C'est ça, répond Duke.

— Qu'est-ce qui se passait de si important pour que tu puisses pas décrocher ce putain de téléphone ?

— J'avais une tortue qui sortait la tête.

— Quoi ?

— Je chiais un bol, Alan.

— Ben j'espère que tu t'es lavé les mains."

Alan prend une pièce de dix *cents* dans le pot à pourboires et, son café à la main, il ressort dans la nuit. Il se dirige vers la cabine téléphonique qu'il utilise pour mener ses affaires, mais un type l'occupe, le dos dans l'embrasure de la porte ouverte en accordéon, chuchotant fort dans le combiné : "… salope, j'arrive pas à croire que t'as baisé avec mon frère après tout ce que j'ai fait pour toi, je vais te buter, tu vas voir."

Alan s'approche de lui, se dresse sur la pointe des pieds pour poser son café sur le toit de la cabine, puis tapote l'épaule de l'homme.

Le gars se retourne et toise Alan avec des yeux brillants de furie, enfoncés dans un visage terreux, grêlé de cicatrices et criblé de furoncles. Il y en a un au-dessus de sa paupière gauche qui a l'air prêt à péter, du reste – qui pend au-dessus de l'œil comme une poche de liquide –, et c'est là qu'Alan frappera en premier si on en vient aux mains. Voilà qui fera vraiment mal.

"Tu vois pas que je suis en train de parler, putain ?" gueule Furoncle, avant de voir l'uniforme d'Alan et de pâlir. Il couvre le microphone de sa main. "Pardon, monsieur l'agent. J'avais pas vu que c'était vous.

— On se connaît ?

— Euh, non. Je voulais juste dire que j'avais pas vu que vous étiez flic. Policier, je veux dire.

— Flic ça va. Je t'ai pas déjà foutu en taule ?

— Non, monsieur l'agent.

— T'es sûr ?"

Hochement de tête.

"OK, y se trouve que t'occupes ma cabine."

Furoncle a pas l'air de bien saisir : "Pardon ?

— Pas besoin de t'excuser. Contente-toi de raccrocher et de te barrer.

— Je comprends pas.

— Raccroche le téléphone, dit Alan, et barre-toi."

Pour expliciter, Alan remue deux doigts en l'air comme une paire de jambes qui marchent.

Furoncle hoche la tête, la bouche entrouverte, et son visage en forme de lune tremble comme de la gélatine. Il raccroche sans dire au revoir. Puis il regarde Alan, comme s'il attendait d'autres instructions.

“Tire-toi, putain.

— OK”, dit Furoncle en hochant la tête, avant de s’éloigner le long du trottoir. Il lance un seul regard par-dessus son épaule, un seul, et Alan croit voir de la peur sur son visage, rien d’autre. Et la peur, ça va.

Alan récupère son café et entre dans la cabine. Il décroche le téléphone, l’essuie sur son uniforme. Il ne croit pas que les furoncles soient contagieux, mais cet enfoiré était quand même bien dégueu. Une fois le téléphone nettoyé, il glisse sa pièce de dix *cents* dans la fente et compose.

“Charlie. Ici Alan. C’est quoi les nouvelles ?”

Il sirote une gorgée amère et se retient pour ne pas la recracher. Elle descend difficilement, comme un caillou.

“Il quoi ? Cet enculé. Où est-ce qu’il a donné rendez-vous ? Dis-lui que j’y serai.”

Alan raccroche le téléphone violemment et sort de cette cabine puant la pisse. Il regarde le café dans sa main comme s’il s’agissait d’un objet non identifié, puis le balance contre le mur en brique devant lui. Le gobelet explose, répandant du liquide dans toutes les directions, y compris sur Alan.

“Putain de *merde* !”

Il donne plusieurs coups de pied dans la cabine, l’agrippe, essaie de la secouer – impossible, elle est boulonnée au béton –, rentre à nouveau à l’intérieur, saisit le combiné, le cogne plusieurs fois contre le support jusqu’à ce qu’il n’en reste plus rien que trois bouts de plastique cassés pendant les uns aux autres par des fils électriques.

“Putain de *Dieu* de merde !”

Il se passe les doigts dans les cheveux, incline la tête à gauche pour faire craquer son cou, puis à droite, produisant le même bruit qu’une carte à jouer frottée contre les rayons de la roue d’un vélo.

Il y a environ six mois, Alan et Charlie ont décidé de faire chanter un trafiquant de drogue du coin, histoire de mettre un peu de beurre dans les épinards. Ils se sont dit que ce serait une petite opération, pensant que le type avait à tout casser cinq ou six personnes bossant pour lui, fourguant sa came merdique aux négros et aux Latinos. Ils estimaient que ça leur rapporterait quarante dollars de plus par mois. Une sorte de prime de risque. Mais le jour où Alan et Charlie ont coincé le gars qu'ils croyaient être le cerveau, ce dernier s'est mis à couiner comme un cochon : Bon Dieu, les mecs, je vous en prie, m'envoyez pas en taule, j'ai six gamins (six putains de gamins) dont faut que je m'occupe, bon sang, ça craint, je vous dirai tout ce que vous voulez savoir, je le jure, je vais tout vous raconter putain.

Alan et Charlie ne se doutaient pas que ce connard débile avait quoi que ce soit à raconter avant qu'il le leur dise, mais ils tendirent l'oreille, bien sûr. Qu'y avait-il d'autre à faire ? Quelqu'un commence à vous raconter une histoire intéressante, vous l'écoutez jusqu'à la fin. Cette histoire les mena à un plus gros poisson, auquel ils rendirent visite dès le lendemain. Au début, Gros Poisson prétendit ne pas savoir de quoi ils parlaient – lui, un homme d'affaires tout ce qu'il y a de plus respectable, blablabla. Mais Alan sait se montrer persuasif quand il faut, et il mit vraiment tout son charme, à coups de marteau à panne ronde, commençant par casser le petit doigt du pied gauche de Gros Poisson, puis l'orteil suivant, puis le suivant. Avant qu'Alan n'arrive au dernier, Gros Poisson était devenu très volubile, il leur aurait raconté n'importe quoi, leur aurait dit que sa mère adorée était une salope en chaleur.

De sorte qu'ils parvinrent à un accord assez bon, un marché qui semblait rendre tout le monde heureux : trois cents dollars par mois pour Alan comme pour Charlie, et Gros Poisson pouvait continuer à mener ses petites affaires. Un arrangement pas mauvais du tout.

Sauf qu'aujourd'hui, après six mois pendant lesquels les choses se sont déroulées de manière aussi douce que la peau d'un cul de bébé, un problème est survenu.

Un fils de pute appelle Charlie chez lui il y a deux jours – s'emmerde pas à expliquer comment il a obtenu le numéro du domicile de Charlie – et affirme qu'il est au courant de ce qui se passe, qu'il a vu la scène plusieurs fois depuis la fenêtre de son bureau, de l'autre côté de la rue. Affirme qu'il a même sorti sa Zoomatic Bell & Howell et qu'il les a filmés en train de collecter. Affirme que ce qu'il a sur pellicule constitue une preuve accablante. Affirme qu'il a de quoi les faire virer de la police, peut-être même foutre en taule.

“Et vous savez ce qui arrive aux flics en taule”, qu'il ajoute.

Néanmoins, il dit qu'il est prêt à le leur vendre, ce petit film qu'il a. Ouais. Il sait qu'un salaire de flic, c'est pas terrible. Il comprend qu'on puisse avoir besoin d'arrondir un peu les fins de mois. Ouais, bon sang, il est raisonnable, comme type ; lui-même il aimerait bien mettre un peu de beurre dans les épinards.

OK, dit Charlie, ils vont trouver un accord et récupérer le film et on s'en tiendra là. C'est quoi son prix ? Le type hésite, dit qu'il rappellera quand il aura eu le temps de réfléchir, qu'il rappellera ce soir – voilà pourquoi Charlie est resté chez lui à attendre tout ce temps –, et effectivement il a rappelé, communiqué son prix. Et c'est là qu'est maintenant le vrai problème. Maintenant va falloir qu'Alan raisonne ce type, et si on s'en tient au prix qu'il demande, c'est pas l'homme raisonnable qu'il prétendait être.

Alan se passe à nouveau les doigts dans les cheveux, lance un regard vers son café, répandu sur les briques de la façade de *Al's Coffee Shop*, et retourne à l'intérieur.

Une fois que Duke lui a rempli un autre gobelet, Alan décide de s'offrir un beignet, après tout.

"Un Long John au sirop d'érable, demande-t-il, et Duke le lui prend dans la vitrine. J'espère vraiment que tu t'es lavé les mains."

Dehors, du beignet plein la bouche, il est à mi-chemin de sa voiture quand un cri déchire la nuit. Il s'arrête de marcher un moment, mord à nouveau dans le beignet, tend l'oreille. Un autre cri. Il réfléchit, pas longtemps.

"Que quelqu'un d'autre s'en occupe, dit-il à haute voix. J'ai des trucs à faire, moi."

12

Peter est sur Bettie, il lui plaque les bras contre le matelas, en l'agrippant ses doigts laissent des bleus dans sa chair tendre. Il sent l'orgasme monter en lui, prêt à jaillir comme un diable à ressort. Ses cheveux trempés de sueur lui pendent autour du visage, des gouttes salées pleuvent sur les seins de Bettie. Puis l'orgasme survient, Peter donne des grands coups de reins, s'enfonçant entièrement en elle une, deux, trois, quatre fois, entendant Bettie grogner, restant en elle après le dernier coup – et voilà, c'est fini, il respire fort, son cœur bat contre le mur de sa poitrine comme quelque chose cherchant à s'échapper, comme un colibri en cage.

Il repousse ses cheveux et contemple Bettie, lui souriant, mais elle ne le regarde pas. C'est comme s'il n'était pas là. Elle regarde vers la fenêtre.

"T'as entendu ça ?"

Peter sort d'elle, devenant vite flasque.

"Entendu quoi ?

— Ce cri.

— J'ai pas entendu le moindre cri, affirme Peter, sauf venant de toi."

Mais elle n'a plus du tout l'air de penser au sexe.

"Tu es sûr ?

— Oui, dit-il, je suis sûr.

— Moi j'ai entendu un cri. Deux cris. J'en suis certaine. A cent pour cent."

Elle se lève, enroule un drap autour de son corps nu, et s'approche de la fenêtre pour essayer d'identifier la source des cris qu'elle affirme avoir entendus. Puis elle baisse la tête et se sert du drap pour essuyer l'intérieur de ses cuisses, d'où apparemment quelque chose dégouline.

Peter a envie de lui demander de ne pas faire ça – de bien vouloir utiliser un gant de toilette, ce sont des draps en soie de grande qualité et elle risque de les abîmer –, mais il se mord la langue.

Ce n'est pas le moment.

Assis sur le canapé, Patrick est en train de regarder les parasites danser sur la surface grise de l'écran de télévision lorsqu'il entend les cris. L'instant d'avant, il essayait de s'imaginer vêtu d'une tenue camouflage et de bottes de jungle, un fusil dans les mains, traversant une rizière à la recherche d'Asiates, et d'un coup le voilà replongé dans la réalité par ces bruits qu'on croirait venir d'un animal blessé à mort.

Il se lève et va à la fenêtre du salon.

Les lumières s'allument dans plusieurs appartements, il voit plusieurs silhouettes humaines s'approcher de leurs fenêtres, certaines solitaires, certaines par deux. Dans l'encadrement d'une fenêtre, il distingue une femme, un homme et un jeune enfant de peut-être six ans, qui se tiennent tous ensemble comme sur un portrait de famille.

Larry explique à Diane qu'il est fatigué et qu'il a juste envie d'aller se coucher, ils pourraient pas parler de tout ça demain matin – ce salaud de lâche –, quand surviennent les cris. Diane oublie momentanément la dispute et se tourne vers la fenêtre, s'approche pour mieux voir.

Grâce aux réverbères dehors, on voit assez bien malgré la nuit, mais Diane ne remarque rien à part la cour déserte, quatre bancs, quelques parterres de fleurs et du béton.

Larry la rejoint, se tient à côté d'elle.

"Qu'est-ce que c'est ? demande-t-il.

— Je ne sais pas."

"On aurait dit des cris.

— Ou un chien qui glapit.

— On aurait dit une personne.

— T'es sûr ?

— Non.

— Ça ressemblait à un chien qui glapit."

Thomas et Christopher s'approchent ensemble de la fenêtre du salon, de plus en plus près, jusqu'à ce que leurs reflets et le reflet du salon qui les entoure disparaissent, et qu'ils puissent distinguer la cour nettement, sans avoir à regarder à travers eux-mêmes.

"Peut-être qu'on devrait éteindre la lumière", dit Christopher.

Mais ni l'un ni l'autre ne font un pas vers l'interrupteur.

"Je vais aller voir si Ron et Anne ont entendu quelque chose", dit Bettie, se détournant de la fenêtre et regardant Peter, qui a l'air dérouté, assis au bord du lit, les yeux perdus dans le vide.

"OK, dit-il sans lever le regard vers elle.

— Ça va ?"

Il hoche la tête.

“Tu es sûr ?”

Il la regarde enfin, sourit.

“Ouais. Je suis sûr.

— D’accord, dit-elle. Je reviens dans une minute.”

Elle va vers la porte, ouvre, passe à côté.

Dans le salon, Anne, la femme de Peter, que Bettie trouve adorable, et Ron, le mari de Bettie, se tiennent devant la fenêtre du salon. Ils regardent dehors, aussi immobiles que des statues.

“Vous avez entendu ça, les gars ? demande Bettie.

— On aurait dit des cris”, dit Ron, se tournant vers elle tandis qu’elle s’approche et lui passe un bras autour de la taille. Le corps de Ron est chaud contre Bettie, un peu collant, et il sent le sexe. Le salon entier sent le sexe. Bettie jette un coup d’œil à Anne, qui porte un peignoir en tissu fin et rose, puis regarde par la fenêtre.

“Vous avez vu quelque chose ?”

Anne secoue la tête.

“Pas pour l’instant, dit-elle. Oh, attendez, là.”

Elle pointe du doigt.

“Je crois que je vois quelque chose, moi aussi”, dit Bettie.

Peter émerge du couloir, vêtu d’un pantalon froissé, le torse nu et pâle :

“Qu’est-ce qui se passe ?”

13

Kat sort en rampant des ombres nocturnes qui s'étendent le long de la résidence du côté de la rue, et se traîne jusque dans la cour éclairée. Elle avance en se tirant par les bras, qui s'écorchent et saignent contre le béton par terre. Mais elle se fiche de la douleur dans ses bras ; elle veut seulement s'éloigner de l'homme au couteau.

Elle cherche juste à fuir.

Son épaule la pique. Elle pense qu'il l'a poignardée. Elle ressent comme une brûlure à l'intérieur, sous l'aisselle, et elle pense qu'il l'a poignardée.

Avec difficulté, elle se lève, en mettant d'abord les pieds à plat par terre, puis en poussant sur ses bras. Elle jette un regard par-dessus son épaule dans l'obscurité, mais ne voit pas l'homme au couteau ni l'éclat de sa lame.

Peut-être est-il parti. Peut-être les lumières de la cour l'ont-elles effrayé. Peut-être est-il parti par peur d'être vu. Alors ça irait pour elle. Ça irait, s'il était parti. Quelqu'un pourrait la soigner, faire cesser la douleur, et ça irait.

Elle observe la cour. Celle-ci doit faire un peu moins de dix mètres de large et environ quinze mètres de profondeur, elle est toute en béton à l'exception d'un massif de fleurs rond au milieu et de quelques parterres en forme de demi-cercle sur les côtés, au pied des quatre immeubles qui composent la résidence. Il y a quatre bancs autour du grand massif central. Les immeubles font quatre étages. Kat n'a aucune idée du nombre d'appartements dans la résidence, mais elle sait qu'environ la moitié donnent sur la cour, et actuellement plusieurs fenêtres sont illuminées. C'est la première fois qu'elle voit autant d'appartements illuminés en rentrant du boulot. Il doit y avoir une douzaine de salons éclairés. Il doit y avoir plus de trente personnes derrière leurs fenêtres, éclairées ou non. Elle aperçoit leurs visages penchés vers elle.

Elle distingue le blanc des yeux de certains d'entre eux.

"Au secours, appelle-t-elle. Je vous en prie – quelqu'un."

Elle regarde les visages des gens dans leurs appartements, et eux aussi la regardent. Elle en reconnaît certains : Larry et Diane Myers dans leur appartement au premier étage ; Thomas Marlowe, qui un jour l'a aidée à porter ses sacs de courses chez elle ; Anne Adams, qui, parce que Kat est italienne, lui demande systématiquement conseil pour la préparation de ses sauces tomate. Il y a des dizaines d'autres visages. Elle les voit qui la regardent à travers les vitres de leur salon comme si elle n'était rien d'autre qu'une image sur un écran de télévision. Et combien d'autres personnes ne voit-elle pas ? Combien sont-ils à être en train de la contempler depuis leurs salons plongés dans l'obscurité, se tenant en arrière de leurs fenêtres, invisibles ?

"Au secours", répète-t-elle.

Elle entend un bruit de pas derrière elle et regarde par-dessus son épaule, et la première chose que son œil remarque est une déchirure sur son trois-quarts blanc – non, pas une déchirure, une coupure, nette – d'où s'échappe un liquide bordeaux foncé dont l'odeur lui rappelle le goût du métal, puis elle regarde au-delà de son épaule et le voit. Oh mon Dieu. Pardon, mon Dieu, je ne voulais pas utiliser Votre nom en vain ; je suis fichtrement effrayée, et j'ai si mal, et cet homme est là. Oh mon Dieu, il n'est pas parti – il n'est pas parti. Il est encore là. Oh mon Dieu, sauvez-moi. L'homme au couteau taché de rouille sort de l'ombre. Il mesure un mètre quatre-vingts et doit peser quatre-vingts kilos et une lueur maléfique brille dans ses yeux, il tient un grand couteau de cuisine dans sa main droite et ses bottes de chantier marron sont tachées de sang. Le sang de Kat.

Il avance vers elle.

Kat se met à pleurer.

"Oh, mon Dieu, non. Non. Je vous en prie – je vous en prie. Pitié."

Il continue d'avancer vers elle. L'homme continue d'avancer et personne ne fait rien pour l'arrêter. Ils se contentent de regarder depuis leurs salons. Ils la regardent avec leurs grands yeux blancs.

Puis il est devant elle, l'homme au couteau, il lui agrippe une poignée de cheveux. Elle sent l'odeur de sa transpiration. Elle voit les points noirs sur son nez. Elle voit les veines qui saillent le long de son cou, les vaisseaux dans ses yeux qui sont comme des coulées de lave sur les flancs d'un volcan en activité.

Il la jette à terre.

14

Thomas baisse le store, bloquant ainsi sa vue de l'horreur en bas de l'immeuble. Il n'a pas pu voir tout ce qui se passait, mais il en a vu assez pour savoir qu'il ne supporterait pas d'en voir plus.

"Je peux pas regarder ça, dit-il.

— Oui, je te comprends." Un temps. "Est-ce qu'on devrait appeler la police ?"

Thomas y réfléchit un moment, et au début ça semble être la chose à faire, mais ensuite il se rappelle tous les visages qu'il a aperçus – ces gens debout, contemplant la cour depuis la fenêtre de leur salon ou de leur chambre ; ces dizaines et dizaines de visages – et il imagine la police arrivant ici, l'interrogeant pendant des heures à propos de ce qu'il a vu, lui demandant peut-être de venir au poste pour regarder un classeur de photos. Et il pense au revolver de son grand-père.

"Je suis sûr que quelqu'un s'en est déjà chargé, finit-il par répondre. Autant ne pas encombrer les lignes avec des appels superflus."

Au bout d'un moment de réflexion, Christopher hoche la tête.

"Tu as probablement raison.

— Pauvre fille, cela dit. Et si ç'avait été Samantha ?" Il marque une pause, comme pour imaginer ce cas de figure. “On devrait déménager. Le quartier est en train de se dégrader rapidement.”

Christopher regarde ailleurs, l’air perdu dans ses pensées. Il se mord la lèvre, baisse les yeux et gratte la peau tendue entre le pouce et l’index de sa main gauche. Il finit par relever les yeux.

“Tu as vraiment une fille ?

— Quoi ?”

Thomas sent son visage rougir de colère, une colère chaude qui lui pique les joues, mais si Christopher le remarque, il n’en montre rien, se contentant de le dévisager sans ciller.

“Tu as vraiment une fille ? J’ai vu les photos dans ton appartement. Et je connais tes histoires. Tu as plein d’histoires : Samantha se faisant baptiser bien que tu ne sois toi-même pas religieux mais parce que ta femme insistait, Thanksgiving avec la belle-famille, tout ça… mais… je sais pas. Peut-être que ces histoires ne sont pas tout à fait crédibles, tu comprends ? Peut-être… C’est juste que…” Et avec ça – une fois qu’il a sorti ça – Christopher détourne le regard. “J’en sais rien. Pardon, je regrette d’en avoir parlé.”

Thomas ne sait pas comment réagir. Il regarde Christopher, puis détourne lui aussi les yeux. Il va prendre la photo sur la table basse et la contemple pendant ce qui lui semble être un très long moment. Il la repose.

“Est-ce que d’autres gens pensent que je mens ? demande-t-il enfin. Doug ? Larry, peut-être ?”

Christopher hausse les épaules.

“Je ne sais pas. Je ne crois pas. Personne n’en a parlé, en tout cas.”

Thomas saisit à nouveau la photo sur la table basse et la fixe des yeux ; étrangement, il a l’impression d’être sur le point de dire adieu à quelqu’un. Comme quand sa mère l'a laissé sur la pelouse avec une valise en carton au bout du bras, mamie à côté de lui.

"Fais au revoir de la main", avait dit mamie.

Et il avait fait au revoir de la main.

"J'ai acheté le premier cadre, ce cadre-là, dit-il en le montrant, il y a trois ans. Il y avait déjà une photo dedans – une photo d'une femme et d'une fillette se tenant devant le Golden Gate Bridge – pour que les gens puissent imaginer de quoi leur photo aurait l'air une fois encadrée. Seulement quand je suis rentré chez moi avec ce cadre, je me suis rendu compte que je n'avais rien à mettre dedans, alors je me suis contenté de le poser tel quel sur ma table basse, en laissant à l'intérieur la photo qui venait avec. Et, de temps en temps, quand il n'y avait rien à la télé et que je ne me sentais pas de lire, je me laissais, comment dire... je regardais cette photo et je me demandais qui était cette femme. Est-ce que c'était quelqu'un de gentil ? Est-ce qu'elle souriait facilement aux blagues un peu bêtes ? Est-ce que cette fillette était vraiment la sienne ? Est-ce qu'elle avait de bonnes notes en maths ? Peut-être que ça pourrait être ma fille à moi aussi." Thomas s'interrompt, s'absorbe encore un peu plus dans la contemplation de la photo. "Environ six mois après avoir acheté le cadre, j'ai trouvé une autre photo de la même femme. C'était dans un magazine, une pub pour des cigarettes. Elle était seule sur la photo. J'ai acheté le magazine, je l'ai rapporté chez moi, j'ai découpé la photo et je l'ai encadrée. Après ça, faut croire que je me suis mis à les rechercher tout spécialement, les photos de cette femme et de cette fillette. Chaque fois que je quittais la maison, j'espérais en trouver une, et quand ça se produisait, Seigneur... – il laisse échapper un petit rire mélancolique –

… c'était comme… – il se lèche les lèvres – … c'était comme de tomber sur un vieil ami." Il repose le cadre, s'effondre sur le canapé, puis lève les yeux vers Christopher. "Plutôt pathétique, non ?

— Je ne trouve pas ça pathétique, répond Christopher.

— Moi si, dit Thomas en se grattant la joue. J'aurais voulu réussir à appuyer sur la détente avant que t'arrives. Ça m'aurait évité une sacrée honte."

Christopher s'assoit à côté de Thomas :

"Tout le monde ment."

Thomas secoue la tête.

"Les gens ne s'inventent pas des familles entières, épouse et fillette incluses, juste pour avoir quelque chose à dire quand les gars au boulot se mettent à sortir des photos de leur portefeuille. C'est dingue. Je le sais. Je sais pas pourquoi j'ai fait ça exactement, mais… j'aurais voulu… j'aurais voulu que t'aies pas…" Il perd le fil de sa phrase, baisse la tête. Un long silence emplit la pièce. "Je suis désolé."

Christopher tend le bras, pose une main sur la jambe de Thomas, juste au-dessus du genou. Thomas regarde la main un moment, puis lève les yeux vers Christopher.

"Tu n'as pas besoin de t'excuser, dit Christopher.

— Je crois pas que je me sois mis à mentir pour tromper qui que ce soit.

— Je sais.

— Je suis sûr qu'au départ il ne s'agissait pas de tromper les gens.

— Je sais.

— Au départ, c'était pour moi. J'ai commencé parce que j'aimais faire semblant que quelque chose m'attende à la maison. Quelque chose de plus qu'une casserole et qu'une boîte de chili con carne." Thomas lance encore un regard à la photo sur la table, puis tourne la tête vers Christopher. “Tout le monde se fiche d’un facteur de plus de quarante ans qui boit un pack de six chaque soir en regardant *Sur le pont, la marine !* Ce qui intéresse les gens, c’est l’avenir. C’est le succès. Pas l’échec. Personne n’érige de statues en l’honneur du type qui a jamais fait de mal à personne.

— Je ne m’en fiche pas, moi, Thomas”, dit Christopher avant de se pencher pour l’embrasser sur la bouche.

Thomas a un mouvement de recul, il repousse le visage de Christopher.

“Qu’est-ce que tu fous ? demande-t-il d’une voix qui tremble.

— Je te comprends.”

Thomas secoue la tête nerveusement.

Il est troublé et il sent un nœud se former dans son ventre. Mais Christopher lui prend délicatement le menton dans la main et lui tourne la tête ; ils se font face, Thomas le regarde dans les yeux et il mentirait s’il disait qu’il n’aimait pas ce qu’il voyait, il mentirait s’il disait qu’il ne s’est pas senti très seul, s’il disait qu’il ne voulait pas se rapprocher de quelqu’un – alors quand Christopher tente une seconde fois de l’embrasser, Thomas le laisse faire.

15

Avec le pouce, Patrick appuie sur le loquet de la fenêtre à guillotine aussi fort que possible, grinçant des dents, marmonnant : “Allez, espèce de saloperie”, mais la peinture et la rouille ne veulent pas céder, puis cèdent d'un coup, le loquet se libère brutalement. La main de Patrick glisse en avant, son poing à moitié fermé cogne contre la vitre, mais la fenêtre ne casse pas. Patrick secoue sa main, regarde la marque rouge que le loquet a laissée dans le mou de son pouce, puis s'efforce de soulever la fenêtre. Pas facile, mais elle finit par remonter dans son cadre en bois, grognant comme un vieil homme fatigué sortant du lit un matin d'hiver.

Patrick passe la tête par la fenêtre ouverte et crie dans l'air froid de la nuit : “Hé ! Laissez cette fille tranquille !”

L'homme qui se tient au-dessus de la fille lève la tête vers lui, marque une pause. L'espace d'un instant, Patrick pense que le type va lui dire d'aller se faire foutre, de s'occuper de ses oignons, et après tout il s'agit peut-être d'une dispute conjugale, peut-être qu'il devrait effectivement se mêler de ses oignons. De là où il est, il ne voit pas très bien ce qui se passe. S'il penchait le torse par la fenêtre et regardait droit en bas il y arriverait, mais il ne va pas prendre ce risque et, de toute façon, ça n'a pas l'air d'être une simple dispute conjugale. Patrick et l'homme dans la cour continuent de s'observer. Puis l'homme tourne le dos et s'enfuit en courant, disparaît dans la rue, dans le noir.

Patrick regarde la cour encore un moment. Il voit la fille qui, avec difficulté, parvient à s'asseoir. Il ne distingue que ses genoux, sa tête, son dos à moitié caché par l'immeuble et les ombres. Elle a l'air d'aller bien. Il referme la fenêtre, mais continue de regarder, à travers la vitre, les autres personnes qui se tiennent derrière leurs propres fenêtres.

Peut-être devrait-il appeler la police. Il est persuadé que quelqu'un s'en est déjà chargé, mais peut-être devrait-il les appeler quand même, juste au cas où. Il s'approche d'un des bouts de canapé et décroche le téléphone, le plaquant contre son oreille.

"Patrick !"

Il regarde l'horloge sur le mur. Il n'est que quatre heures et demie.

"J'arrive tout de suite, maman", dit-il avant de raccrocher le téléphone, se demandant pourquoi elle l'appelle une demi-heure en avance.

Il se dirige vers le couloir pour le découvrir.

*

Patrick pousse la machine dans le coin de la chambre.

"On ne nous avait pas prévenus que ça ferait mal, dit-il.

— Je ne mens pas.

— Je ne dis pas que tu mens. J'en parlerai à Erin dès demain matin. Tu sais bien que ça va empirer si on ne suit pas le traitement.

— Je sais, mais ça m'a fait mal au bras.

— Dors un peu, maman."

Il s'éloigne, pose la main sur l'interrupteur à côté de la porte. Puis il s'arrête, se retourne vers sa mère. Maman le regarde à travers les plis de chair qui lui entourent les yeux – ces derniers ressemblent à de petites lampes aperçues entre des rideaux presque fermés – et quelque chose lui fait froncer les sourcils, quelque chose qui pourrait être l'expression sur le visage de Patrick.

"Qu'est-ce qu'il y a, Pat ?

— Patrick, m'man. Personne ne m'appelle plus Pat.

— Même ta mère ?"

Patrick secoue la tête, mais le regrette quand il voit qu'il a réussi à la vexer.

"Très bien, qu'est-ce qui se passe, Patrick ?"

Il hésite, se demande comment expliquer les choses à sa mère, et quand il se rend compte qu'il n'y a pas trente-six façons de les lui dire, il se lance : "On m'a appelé sous les drapeaux. Je suis censé me présenter à ma visite médicale dans la matinée."

Maman hoche la tête, mais elle demeure silencieuse un long moment.

"Ça fait combien de temps que tu le sais ? demande-t-elle enfin.

— Peu importe.

— Si tu es censé te présenter demain, ça doit faire un moment.

— Un peu plus d'une semaine.

— Ta mère est malade. Ils ne t'obligeront peut-être pas à partir.

— J'y ai pensé, dit-il avant de se mettre à observer une toile d'araignée dans un angle.

— Mais… dit maman, attendant la suite.

— Je n'ai rien dit.

— Je sais, mais tu penses quelque chose."

Patrick ouvre la bouche pour parler puis la referme.

"Je n'arrive pas à le dire.

— Tu veux partir."

Au bout d'un moment, Patrick hoche la tête.

"Je ne sais pas si les Vietnamiens sont si horribles que ça, ou si le communisme c'est vraiment affreux, en fait. Tu sais, je lis même pas le journal, m'man. J'ai juste... j'ai envie de vivre quelque chose. Je veux franchir la porte d'entrée et voir des trucs que j'ai encore jamais vus et sentir des odeurs que j'ai encore jamais senties et... et peut-être... peut-être..." Il s'interrompt, gêné, peut-être même un peu honteux. Il ferme les yeux, avale sa salive, ouvre les yeux, regarde sa maman. "Je me présenterai demain, mais je leur dirai que tu es malade. Peut-être qu'ils ne m'obligeront pas à partir.

— Non, dit maman au bout d'un moment. Tu devrais y aller.

— Mais et toi ?"

Maman sourit et ce n'est pas beau à voir. Ses lèvres sont sèches et blanchâtres. Ses dents sont jaunes. Cependant son sourire est sincère, et il lui éclaire les yeux. C'est la première fois depuis longtemps que Patrick voit un vrai sourire sur son visage. Il ne sait pas comment quelque chose peut être aussi laid et aussi beau à la fois, mais voilà. Puis, aussi rapidement qu'il est apparu, le sourire disparaît, et c'est dommage : Patrick ne saura jamais exactement ce qu'il y avait dans les pensées de maman au moment où ce sourire brillait dans ses yeux.

"Ce n'est pas moi le problème, dit-elle.

— Mais, tu as dit...

— J'avais peur. Pendant très longtemps, j'avais peur. Mais tu dois y aller si c'est ce que tu veux. Je t'ai assez volé d'années comme ça, il me semble."

Puis elle tourne la tête et regarde vers le mur du fond.

Patrick ouvre la bouche pour protester – pour dire à sa maman qu'il ne partira pas, que papa les a quittés et qu'il en a terriblement souffert, et que quoi qu'il arrive il ne veut pas, lui, faire pareil – mais aucun son ne s'échappe de sa bouche. Il se retient de parler parce qu'il imagine ce à quoi son avenir pourrait ressembler, si maman vit encore dix ans. Sera-t-il toujours ici, à près de trente ans, occupé à la porter sur le canapé, à changer ses draps empestant la sueur, à lui appliquer du baume sur ses plaies ? Elle n'aura que soixante-douze ans à ce moment-là. Des tas de gens vivent plus longtemps. Même des gens malades. Cette idée le terrifie.

Il se dit que si quelqu'un vous donne sa bénédiction, si quelqu'un vous encourage à partir, alors ce n'est pas comme si vous abandonniez cette personne, n'est-ce pas ?

Il ne… il ne veut plus rester ici, c'est tout.

“D'accord, maman. D'accord.”

Il tourne les talons et sort de la chambre.

16

Debout devant la fenêtre du salon, Diane et Larry observent la fille dans la cour. Ça fait cinq minutes qu'elle est assise, à regarder autour d'elle. Il doit faire froid dans la cour. Diane voudrait qu'elle se lève et rentre chez elle. Mais ce qu'elle voudrait pardessus tout, c'est que Larry arrête de lui mentir.

"C'est insultant, dit-elle.

— Je ne te mens pas, Diane, dit Larry. Tu veux que j'avoue ma culpabilité parce que, dans ta tête, tu m'as déjà jugé. Tu veux pouvoir dire que tu le savais, que tu avais raison depuis le début. Eh bien non, tu te trompes, Diane. Je suis désolé, mais tu as tort."

Diane rit, c'est plus fort qu'elle.

"Espèce de salaud de manipulateur.

— Ah bon ? Dis-moi que c'est pas vrai, Diane ?

— C'est pas vrai, Larry.

— Alors pourquoi tu m'expliques pas ce qui se passe ? Ce qui se passe là-haut dans ta cervelle, nom de Dieu ?

— Tu veux que je t'explique ?

— Ouais, dit Larry en hochant la tête. Explique-moi, Diane, puisque tu as l'air d'avoir tout compris.

— Et comment, que j'ai tout compris. C'est pour ça que je veux que t'avoues. Je veux que t'avoues parce que, pendant qu'on dînait avec les Governs, la semaine dernière, Carol n'a pas arrêté de me regarder comme si elle voulait me dire quelque chose, comme si elle avait pitié de moi. Parce que tu rentres à la maison des heures après Thomas, les soirs de bowling ; parce que tu ne sembles plus du tout t'intéresser à moi ; mais surtout, je veux que t'avoues parce que je le sens sur toi. Je sens son odeur sur toi. Je la sens chaque fois que tu rentres à la maison, Larry. Et ton refus d'admettre l'évidence même me rend furieuse."

Elle se tait et le regarde dans les yeux en attendant une réponse.

Il détourne le regard, fixe un recoin de la pièce, par terre. Comme si la réponse à cette situation pourrait se révéler à lui en émergeant de la moquette. Mais ce n'est pas le cas, alors il regarde à nouveau Diane, en silence.

Elle refuse de parler davantage. Elle a dit ce qu'elle avait à dire. Elle ne va pas combler ce silence pour lui, même avec la colère dont elle est emplie.

"Je suis désolé, dit-il avant de déglutir.

— Tu es désolé ?

— Je suis désolé, dit Larry en hochant la tête.

— Tu es désolé pour quoi ?

— Tu sais pour quoi." Il se lèche les lèvres. "Tu vas vraiment me forcer à le dire ?"

Diane hoche la tête :

"Tu l'as fait. Alors tu peux le dire, bon Dieu.

— Je suis désolé..." Les mots ont bien du mal à sortir. "Je suis désolé de t'avoir trompée, Diane. Pardon."

Maintenant des larmes débordent des yeux de Larry, mais c'est trop tard. Diane a fermé la part d'elle-même capable d'éprouver de l'empathie pour lui. Ce qu'elle ressent désormais, c'est de la rage et un froid glacial.

“Qui c’est ?

— Peu importe.

— Bien sûr que ça importe. Bien sûr que ça importe.

— Mais non, Diane. Ça n’a pas d’importance. C’était une erreur.

— Une *erreur* ? Tu as quitté le lit de cette fille il y a à peine une heure.”

Larry ne répond pas. Debout, immobile, silencieux, il la regarde puis baisse les yeux.

“Ça fait combien de temps que ça dure ?

— Bon sang, Diane. Je...

— Combien de temps, merde ?”

Larry regarde à nouveau dans l’angle.

“Je ne sais pas. Six mois, peut-être.”

Diane serre la mâchoire :

“Espèce de salopard”, dit-elle entre ses dents.

Elle cherche quelque chose à balancer, quelque chose dans quoi taper, n’importe quoi, et ce qui lui tombe sous la main c’est un cheval en porcelaine, une connerie de cheval en porcelaine, encore un cadeau de la mère de Larry, cette vieille peau sénile qui doit rester assise toute la journée à lire des catalogues et à commander des babioles inutiles, qu’elle refile ensuite à sa famille. Larry doit deviner ce qui va se passer ensuite parce qu’il recule et se protège. Diane lève le cheval en porcelaine au-dessus de sa tête et le jette, de toutes ses forces. Il fend l’air, tournoyant sur lui-même, tête en premier, puis queue, puis tête, en ligne droite, pas d’arc, filant vers Larry et sa gueule de foutu traître, mais Larry se baisse, et le cheval se brise sur le mur derrière lui, explosant, abîmant la peinture, quelques morceaux de porcelaine s’incrustant même dans le plâtre.

“Six mois, c’est pas une erreur, hurle-t-elle. Une fois, c’est une erreur. Six mois, c’est une relation.

— Je suis désolé", répète Larry, d'un ton qui donne à Diane l'envie de balancer autre chose.

Et cette fois elle ne le raterait pas. Elle ne lance rien, cependant, et se contente de dire :

"Ça ne suffit pas."

Elle tourne les talons, traverse le couloir en direction de la chambre. Elle avait espéré que, lorsqu'elle ferait état de ses soupçons, il aurait miraculeusement une explication à laquelle elle n'avait pas pensé. Une explication qui dissiperait tous ses soupçons, toutes ses inquiétudes et ses craintes. Jusqu'à la dernière seconde, elle l'avait espéré. Mais une fois qu'elle avait dit les choses, elle avait vu l'expression sur le visage de Larry, et su. Elle ne s'était pas trompée et il n'y avait aucune explication innocente, si fort qu'elle ait pu espérer le contraire. Il n'y avait que la vérité.

"Où tu vas ? demande Larry.

— Faire mes valises."

17

Peter est assis sur le canapé à côté d'Anne, sa femme. Assise de l'autre côté d'Anne, Bettie contemple le vin blanc dans son verre rouge, agite le liquide. Puis elle approche le verre de sa bouche et le vide, laissant une pellicule de rouge à lèvres sur le rebord.

Ron se tient devant la fenêtre du salon, il regarde dehors.

Peter se demande ce qu'Anne ferait s'il décidait de la quitter pour Bettie. Il se demande ce que Ron ferait. Ron est un de ces types qui prétendent que ce genre de choses ne les rendraient pas malades – si une femme décide de partir, eh bien, c'est comme ça ; il y en a d'autres –, mais Peter soupçonne que ses sentiments sont un peu plus compliqués que ça. Il se demande si Bettie serait prête à quitter Ron. Ils ont partagé quelques moments qui semblaient aller au-delà du sexe, qui semblaient prendre une autre dimension.

Il se demande si quelqu'un remarquerait son absence s'il quittait la pièce quelques minutes, le temps d'aller nettoyer le whisky sur la moquette.

"Elle est assise par terre, dit Ron. Elle est peut-être blessée. Je crois voir du sang. Peut-être qu'on devrait appeler la police.

— Je suis sûr que quelqu'un l'a déjà fait, dit Anne. Autant éviter d'encombrer la ligne."

De là où il est assis sur le canapé, Peter peut apercevoir une demi-douzaine de visages derrière leurs fenêtres – des silhouettes plongeant leur regard dans la nuit, au-delà de la nuit et jusque dans les appartements des autres, exactement comme lui-même regarde dans les leurs – et il se dit qu'Anne a sûrement raison.

Ron doit être d'accord, parce qu'il dit : "Oui, c'est sûr."

Bon, pense Peter, ça au moins c'est réglé.

Ron part vers la cuisine. "Je vais me servir à boire. Une vodka tonic. Quelqu'un d'autre veut quelque chose ?"

Ron fait près de cinq centimètres de plus que Peter, et, bien que ce soit un employé de bureau, comme Peter, il parvient à l'intimider. Il a l'air d'un type qui peut encaisser un coup de poing, qui sait quoi faire si sa voiture tombe en panne sur le bas-côté, qui aime probablement la pêche, la chasse, le camping.

"Il y a une bouteille de vin blanc dans le frigo, dit Anne. J'en aimerais bien un verre.

— C'est ça que je buvais ?" demande Bettie.

Anne hoche la tête.

"Alors moi aussi, lance Bettie à son mari. Mais j'ai déjà un verre."

Peter se lève.

"Je vais le lui apporter. Moi aussi, je me resservirais volontiers."

Il prend le verre de Bettie, en profitant pour lui caresser le dos de la main du bout des doigts, puis il prend le sien sur la table, mais le dessous-de-verre humide reste collé – il n'arrive pas à enlever ce foutu truc.

Finalement, Anne, souriante, tend le bras et retire le dessous-de-verre, qu'elle pose sur la table.

“Merci ma chérie”, dit Peter.

Il part en direction de la cuisine. En entrant, il trouve Ron en train d’ouvrir et de refermer plusieurs placards au hasard, cherchant des verres, mais ne tombant que sur des épices, des boîtes de conserve, des pâtes, des céréales.

“A gauche, dit Peter.

— J’y arrivais, dit Ron qui ouvre le bon placard et en sort deux grands verres.

— J’ai encore le mien”, dit Peter.

Ron lui lance un regard :

“Je vois ça.”

Il remet un des deux grands verres, prend un verre à vin à la place :

“Pour Anne.”

Peter s’approche du congélateur et sort deux grosses poignées de glaçons, les lâchant dans les grands verres.

Près de la rangée de bouteilles d’alcool alignées sur le plan de travail aux petits carreaux jaunes, Ron prépare sa vodka tonic, verse à Peter son whisky.

“De l’eau ?

— Ouais, environ la moitié.”

Ron hoche la tête.

“Combien de fois, demande Peter en fermant le congélateur et en ouvrant le frigidaire, combien de fois est-ce que toi et Bettie vous avez… euh…

— Echangé ?” demande Ron, haussant un épais sourcil noir.

Peter hoche la tête, puis se met à fouiller le frigo des yeux, à la recherche du vin blanc qui d’après Anne s’y trouvait, mais qu’il ne voit pas.

“Je sais pas, dit Ron. Une demi-douzaine de fois.

— Chérie, fait Peter…

— Il est dans la porte, en bas, à côté du ketchup”, lui crie Anne avant qu’il n’ait eu le temps de poser sa question.

Il regarde dans la porte, en bas, à côté du ketchup, et effectivement la bouteille s'y trouve.

"Merci, dit Peter.

— Je t'en prie, crie Anne.

— Est-ce que ça t'est déjà arrivé de tomber amoureux d'une de ces filles ? demande Peter à Ron. Tu es déjà tombé amoureux d'une des filles que tu as... tu sais ?

— Baisées ?

— Baisées", dit Peter, se sentant un peu gêné.

Il tire le bouchon de la bouteille et partage ce qui reste de vin entre les deux verres qui attendent.

"J'aime Bettie, dit Ron. C'est pas parce qu'on pratique l'échangisme que je l'aime moins. D'une certaine façon, ça me permet de l'aimer davantage encore. Bon, je vais pas te mentir, le sexe avec les autres femmes c'est sympa, ça change de rythme, c'est excitant, mais tu sais ce qui est vraiment grisant ? Faire l'amour avec ma femme juste après. Savoir que même si un autre homme l'a prise, elle est encore à moi. Prouver qu'elle est à moi en..." Ron sourit. "Tu n'as jamais connu d'orgasme comme celui que tu auras avec Anne lorsque Bettie et moi on sera partis. Je te le promets. Quand tu le fais juste après, ça a quelque chose de..." Il secoue la tête, toujours avec le même sourire. Puis il tend à Peter son whisky. "Santé."

Peter lève son verre et ils trinquent.

"Santé."

Peter vide son verre et s'en verse un autre.

Ron rit.

"Faut croire que ça t'a donné soif.

— Faut croire", dit Peter.

Ils prennent chacun un des deux verres de vin blanc sur le plan de travail, et passent dans le salon où leurs épouses les attendent, assises sur le canapé.

Peter tend un verre à Bettie.

“Tiens.

— Merci”, dit-elle en souriant.

Mais Ron ne sourit pas – ne sourit plus. Il reste planté au milieu du salon, immobile. “Celui-là était pour Anne.

— Il y a deux verres de vin”, dit Peter, mais il se rend compte qu’il a commis une erreur. Il a su qu’il avait commis une erreur, en fait, dès l’instant où il a approché le verre de Bettie et vu Anne tendre la main, puis l’enlever, une expression blessée passant rapidement sur son visage. Mais il se défend quand même : “Y a aucune différence, si ?

— Non, dit Ron.

— Bon, alors.

— Mais pour quelle raison tu ne servirais pas d’abord ta femme ?

— Bettie était plus près.

— Elles sont assises juste à côté l’une de l’autre.

— Pourquoi est-ce que tu en fais tout un plat ?

— Parce que, dit Ron, j’ai soudain compris de quoi tu parlais dans la cuisine.”

Le regard d’Anne passe de Ron à Peter, ses yeux brillent d’interrogation, mais elle ne demande rien à Peter. Au lieu de ça, elle se tourne vers Ron :

“De quoi il parlait dans la cuisine ?

— Chérie… fait Peter.

— Moi aussi, j’aimerais savoir”, dit Bettie avant de boire une gorgée de son vin.

Peter regarde successivement Ron, Anne, puis Bettie. Il se sent coincé. Comment en est-il arrivé là ? Tout ce qu’il a fait, c’est tendre un verre de vin à la mauvaise personne.

“J’ai rien dit du tout.

— Apparemment si, dit Anne.

— Tu n’es pas amoureux de ma femme, déclare Ron.

— Tu lui as dit que tu étais amoureux de Bettie ?
— Non.
— Peter, dit Ron, tu n'es pas amoureux de Bettie.
— C'est pas ce que j'ai dit.
— Peter.
— Je..."

Il se sent perdu.

"Crois-moi, dit Ron.
— Je...
— Ça fait combien de temps que vous êtes ensemble, toi et Anne ?"

Peter est trop nerveux pour répondre. Il ne sait toujours pas comment les choses ont pu en arriver là. Il y a quarante-cinq minutes à peine, il croyait passer une des plus belles nuits de sa vie, et maintenant le voilà pris au piège – en tout cas c'est l'impression qu'il a –, en train de se dire que cette nuit va peut-être prendre la tournure opposée, qu'elle est bien partie pour virer au cauchemar.

"Dix ans, répond Anne qui se tourne vers Peter. Ça fait dix ans qu'on est ensemble.

— Je..." Il regarde Anne. "Je sais bien, dit-il, enfin capable de construire une phrase. Je sais que ça fait dix ans qu'on est ensemble. On s'est rencontrés le jour de la Saint-Valentin 1954. Je le sais."

Mais Anne préfère détourner la tête.

"Je sentais que c'était une mauvaise idée, dit-elle. Je n'aurais jamais dû te laisser me convaincre.

— Dix ans, dit Ron. Et ça a pris combien de temps avant que tu saches que tu l'aimais ?

— Pourquoi tu me fais subir un interrogatoire ?

— C'est pas un interrogatoire. J'essaie de t'aider à comprendre quelque chose.

— Alors dis ce que t'as à dire, putain, et arrête de me poser des questions.

— J'y viens. Combien de temps avant que tu te rendes compte que tu étais amoureux d'Anne ?

— Je sais pas, dit Peter. Quatre ou cinq mois.

— Tu me connais depuis quoi… un an ? demande Ron. Tu as parlé à Bettie deux fois au cours de cette période, les deux fois lors de soirées organisées par le boulot. On ne tombe pas amoureux comme ça."

Peter regarde Anne. Elle a les yeux qui s'embuent, les larmes montent, sont sur le point de déborder, bon Dieu, non, il ne veut pas voir ça.

"Anne, je n'ai pas raconté à Ron que j'étais amoureux de Bettie.

— Le sexe, ça peut embrouiller les idées des gens, dit Ron.

— Je n'ai pas raconté à Ron que j'étais amoureux de Bettie, répète-t-il comme si ça allait suffire à tout arranger.

— Mais tu ne dis pas que tu ne l'es pas", dit Anne, et ça y est, les larmes débordent et coulent le long de ses joues.

Peter ne peut que la regarder, sans trouver quoi dire. Il ne veut pas voir ça. Il ne veut pas que ça se produise.

"Peter ? dit Anne.

— Le sexe, ça peut donner de fausses idées aux gens, dit Ron. Ne laisse pas cette situation semer la confusion entre ta femme et toi.

— Tu peux la fermer ? C'était ta putain d'idée." Peter se tourne vers Ron pour le défier du regard. "Ta putain d'idée à toi !

— Je pensais que tu serais capable de gérer.

— Tu voulais baiser ma femme, dit Peter. C'est ça que tu pensais. Tu as vu ma femme et tu t'es dit : j'aimerais la baiser. C'est à ça que ça se résumait. Tu t'es dit que je serais capable de gérer ? Va te faire foutre.

— Et toi, t'avais pas envie de baiser ma femme ?

— Dis que tu n'es pas amoureux de Bettie, demande Anne. Dis-le, Peter."

Peter avale sa salive. "Pardon, Anne. C'est juste que… et je suis désolé, Ron… c'est que, Bettie et moi, nous… nous avons partagé…

— Peter, dit Bettie.

— Quoi ?"

Il se tourne vers elle, sentant la peur lui tomber dans l'estomac comme un caillou, se rappelant soudain qu'une autre personne présente dans la pièce est elle aussi concernée par la situation – quelle que soit cette situation.

Bettie secoue la tête.

"Quoi ? répète-t-il.

— On a partagé du sexe, dit-elle. C'est tout."

Il se lèche les lèvres. Oh mon Dieu.

"Mais… mais tu ne comprends pas, insiste-t-il.

— C'était du sexe, dit-elle. C'est tout. C'était le but.

— Tu mens. Tu mens pour ménager les sentiments de Ron.

— Non, dit-elle avant de secouer à nouveau la tête.

— Bon Dieu, dit Anne.

— Mais…" Peter se tourne vers Ron. "C'était ton idée, putain.

— Et c'était ton erreur, dit Ron.

— Je peux pas croire que j'étais assez idiot pour te laisser me persuader de faire ça."

Anne se lève et disparaît dans l'obscurité du couloir.

Quelques secondes plus tard, on entend une porte claquer.

Peter s'approche du canapé et s'écroule dessus.

Il se prend la tête entre les mains.

"Putain de merde, dit-il. Putain de merde."

18

“Hm, voyons voir”, dit David White en regardant à travers la vitrine d'un présentoir contenant des dizaines de beignets. Il avait mangé avant de démarrer le boulot, mais il a de nouveau faim.

“Prends ton temps, marmonne le flic qui se tient derrière lui. C'est pas comme si y avait du monde qui attend.”

Jappement de sirène et bref éclair de lumière provenant de l'ambulance dans la rue. Il ne devrait probablement pas se bourrer de beignets, de toute façon.

“Bon, ça sera tout alors, dit-il. Combien ?

— Cadeau de la maison, dit le type derrière le comptoir. Allez sauver des vies.

— Merci, dit David. C'est sympa.”

Il tourne les talons et se dirige vers la porte d'entrée, la pousse du pied, vu qu'il a les mains pleines, puis se faufile dehors avant qu'elle n'ait eu le temps de se refermer. Quand il approche de l'ambulance, John tend le bras en travers de la cabine et lui ouvre la portière côté passager.

“Merci”, dit David en grimpant dans l'ambulance. Il donne à John son café, referme la portière. “C'est quoi ?

— Un accident de voiture.”

David hoche la tête, essaie de boire une gorgée de son café mais, au moment où le gobelet entre en contact avec sa lèvre, John passe la vitesse, l'ambulance démarre brusquement et du café se renverse sur l'uniforme de David.

"Et merde."

John lui lance un regard : "Pardon."

David hoche la tête, mais attend que l'ambulance soit à pleine vitesse avant de tenter de boire une autre gorgée.

Par la vitre, il regarde le paysage nocturne défiler comme une brume tandis qu'ils font route vers le carnage qui les attend. Il est crevé. Il est toujours crevé. Il n'arrive pas à dormir. C'est sans doute en partie dû à son travail. Ces horaires de nuit sont rudes, même quand on y est habitué. Il termine le boulot et rentre chez lui en roulant à moitié dans les vapes, épuisé, à l'heure où la journée démarre tout juste. Le soleil est levé, il évapore ce qui reste de la rosée de minuit. Les gens se douchent, se rasent, mangent des œufs, conduisent en direction du boulot pendant que David fait route en sens inverse, vers chez lui. Mais pas vers son lit. Jamais vers son lit – pas tout de suite. Le bruit – de la circulation, des gens qui parlent, de la vie – le maintient éveillé. Il pousse la porte d'entrée et marche droit vers son canapé et s'assoit. Sa chienne Sarah lui fait la fête, lui lèche la main, se recroqueville contre sa jambe, tandis qu'il la caresse distraitement. Pendant une heure ou deux, il reste là, sans bouger, les yeux fixés sur différentes choses : son reflet sur l'écran gris de la télévision, le mur, ses rêves éveillés dans les coins de la pièce. Parfois il parle à Sarah. Parfois il lui raconte sa nuit. "Cette nuit, c'était dur, dit-il par exemple. On nous a appelés sur le lieu d'une tentative de meurtre. Un homme qui s'est pris une balle dans la tête, directement entre les deux yeux, mais qui n'est pas mort. Alors l'agresseur lui a tiré dessus une seconde fois avant de s'enfuir, mais là encore le type a survécu. Quand on est arrivés, il était sur le bord du trottoir. Assis. Les bras croisés sur les genoux. Il nous a regardés et nous a souri. Il a levé un bras pour nous saluer. «Bonsoir», il a dit. Un type comme les autres, à part qu'il y avait deux points sur son front. Deux points rouges. Un juste au milieu du front, l'autre au-dessus de son sourcil gauche. Un peu de sang en suintait, mais ça ne coulait pas abondamment. Ils étaient juste assez grands pour qu'on passe un doigt dedans, ces trous. Le premier truc que je me suis dit, c'est : En voilà un putain de dur à cuire. Il a pris deux balles dans le cerveau et il a pas l'air plus troublé que ça. Puis j'ai vu l'arrière de son crâne. Les points de sortie étaient assez larges pour qu'on puisse rentrer des balles de base-ball dedans. Des mandarines, en tout cas. Puis j'ai vu, à trois mètres sur sa gauche, l'endroit où la plupart du contenu de sa tête s'était répandu. C'était un zombie. «Comment ça va, monsieur ?» j'ai demandé. Il m'a encore dit «Bonjour». Plus qu'un zombie, Sarah. C'est tout. Et il refusait de mourir. On l'a emmené à l'hôpital. Il aurait pu marcher, mais on l'a pas laissé. On le poussait sur un brancard dans la salle des urgences, et chaque fois qu'on croisait quelqu'un il disait : «Salut. Salut. Salut. Salut.» Ça nous mettait très mal à l'aise. D'après les docteurs il sera probablement mort d'ici à la fin de la semaine – mais il pourrait survivre. S'il n'est pas mort d'ici là, c'est probable qu'il vive, en fait. Ils soignent ses blessures comme s'il allait vivre. S'il survit, tout ce qu'il pourra faire, c'est déambuler en disant «Salut». Il sera juste un zombie avec la moitié d'une tête. «Salut. Salut. Salut. Salut.» J'ai demandé à un de mes amis qui est flic s'ils ont des pistes. Mon ami a l'air de penser qu'ils coinceront jamais le type qui a fait ça. Personne ne parle. Même la femme qui a appelé la police, elle dit qu'elle a seulement entendu les coups de feu. Le premier, elle a cru que c'était un moteur qui pétaradait, un truc du style. Le temps qu'elle aille à sa fenêtre après le deuxième coup de feu, l'agresseur s'était barré, laissant derrière lui le zombie, laissant derrière lui ce type qui a une femme et une fille, ce type qui peut marcher et dire «Salut» et rien d'autre."

Parfois, David parle à Sarah, et parfois il se contente de rester assis à fixer quelque chose des yeux. Mais il ne se couche jamais tout de suite quand il rentre. Vers dix heures, le matin, une fois que tous les gens qui vont travailler sont partis, c'est un peu plus tranquille, et il a eu le temps de se débarrasser du boulot – il s'en est vidé le corps, l'a laissé s'écouler par la plante de ses pieds –, alors il va dans sa chambre et s'allonge sur son lit et regarde la porte de la penderie. Au bout d'un moment, il se lève et va l'ouvrir. David n'aime pas les portes fermées. Il ne sait pas pourquoi, mais il n'aime pas ça. Il déteste ne pas être en mesure de voir exactement ce qui se trouve de l'autre côté. Quand il emménage dans un appartement, la première chose qu'il fait, c'est sortir un tournevis et un marteau et se mettre à enlever les portes qui séparent les pièces, à démonter les gonds. Il laisse uniquement la porte de la penderie et celle de la salle de bains. Les penderies deviennent parfois trop encombrées et, bien qu'il n'ait presque jamais de compagnie, la porte de la salle de bains se révèle indispensable quand c'est le cas. Quoi qu'il en soit, il n'arrive pas à dormir quand la porte de la penderie est fermée. Alors il l'ouvre – même si ça signifie que Sarah va pouvoir lui piquer une chaussure –, puis il regagne le lit et s'allonge à nouveau. Vers onze heures, il finit par s'endormir. Mais vers quatorze ou quinze heures, la chaleur va le réveiller, la chaleur et le soleil de l'après-midi, et c'en sera fini pour de bon de sa "nuit" de sommeil. Il passe le reste de la journée à errer, un véritable zombie lui aussi, allant au supermarché, faisant sa lessive, passant l'aspirateur sur la moquette, lavant la vaisselle qu'il a laissée s'empiler dans l'évier. De temps en temps, il se rend dans un salon de massage. Il se sent toujours coupable après coup – ces filles qui ne parlent pas anglais et à qui la vie offre peu d'autres choix –, mais il y va quand même. Parfois c'est nécessaire qu'il se relâche, qu'il ait un contact physique avec un autre être humain, peu importe le type de contact physique.

Et puis, quand tout ça est terminé, c'est déjà l'heure de retourner au boulot.

Leurs gyrophares allumés, deux voitures de police sont garées au bord de la chaussée quand arrive l'ambulance de David et John. Des signaux lumineux éclairent la nuit et un flic en uniforme que David ne reconnaît pas se tient dans la rue pour s'assurer que les curieux gardent leurs distances. Ça étonnerait David qu'il y en ait beaucoup à cette heure-ci – mais qui sait ?

John gare l'ambulance dans le mauvais sens, devant un des véhicules de police, et il éteint les sirènes en laissant les gyrophares continuer à rougir la nuit.

"Ça n'a pas l'air beau à voir", dit-il.

David approuve d'un hochement de tête, puis descend de l'ambulance. Il se dirige vers la Fiat retournée sur son toit et jette un coup d'œil à l'intérieur, à travers la vitre ensanglantée d'une des portières. La voiture est vide.

"Il est là-bas", dit le policier qu'il ne reconnaît pas.

David lève les yeux : le flic pointe sur sa droite. David suit le doigt qui lui désigne une devanture à la vitrine brisée. Au-delà des morceaux de verre, David distingue plusieurs vélos renversés ainsi que des faisceaux de lampes torches qui se baladent, s'entrecroisent. D'autres flics, sans doute.

"A l'intérieur, dit l'agent. Il est sans connaissance."

David hoche la tête et regagne l'ambulance.

Il prend un brancard en toile à l'arrière et repart vers l'immeuble. John le suit.

"Saloperie, dit David. Espèce de saloperie."

Il regarde M. Vacanti qui gît sans connaissance derrière le comptoir de cette boutique de vélos plongée dans l'obscurité. Il est étendu sur le dos, un bras coincé sous le corps, l'autre replié vers le haut au niveau du coude et formant le chiffre quatre, avec le pouce qui touche le sommet du crâne. Un morceau de verre long de quinze centimètres dépasse de son front, une véritable étagère en verre, et M. Vacanti gît dans une flaque de son propre sang.

Un bref instant – moins d'une seconde –, David songe à saisir ce morceau de verre et à le tordre, à l'enfoncer plus profondément encore, aussi profondément que possible, jusqu'à ce qu'il heurte l'os de l'autre côté, à l'arrière de la tête, puis à donner un dernier coup, jusqu'à ce que le verre marque le sol en vinyle. Il se dit qu'il y aurait une satisfaction à sentir le cerveau spongieux se déchirer, à entendre le craquement de l'os qui casse.

"Qu'est-ce qui se passe ? demande John derrière lui.

— Quoi ?
— Tu as dit «saloperie»… Qu'est-ce qu'il y a, David ?
— Quoi ?
— Qu'est-ce qui se passe ?
— Oh, rien, je connais ce type.
— Qui c'est ?
— Quelqu'un que je connais, c'est tout. Quelqu'un que je connaissais. Chargeons-le dans l'ambulance."

19

Kat ne sait pas depuis combien de temps elle est là, dehors, elle ne sait pas depuis combien de temps l'homme avec le couteau est parti, mais elle sait qu'il faut qu'elle fasse quelque chose. Elle ne peut pas rester éternellement assise ici. Elle ne peut pas rester ici à attendre de s'être vidée de tout son sang.

Pourtant, pendant un moment encore, elle ne sait pas quoi faire d'autre. Quelque chose ne va pas avec sa tête. Elle n'arrive pas à penser. Pourquoi n'arrive-t-elle pas à penser ?

Il y a un banc, là, à moins de trois mètres. Elle peut l'atteindre. Elle en est quasiment sûre. N'importe qui pourrait atteindre ce banc. Il est là, à moins de trois mètres.

Elle peut l'atteindre ; elle le sait.

Elle se met sur les mains et les genoux et commence à ramper dans sa direction.

Ses doigts sont très froids. Son nez est très froid. Ses lèvres sont très froides, et quand elle les lèche – parce qu'elles sont sèches, sèches et craquelées –, elle les sent à peine. C'est presque comme si ce n'étaient pas les siennes. Bizarrement, ça lui rappelle des sensations qui remontent à l'enfance. Petite, elle adorait faire du vélo. Elle pédalait le plus vite possible, puis cessait de pédaler, et se laissait rouler aussi longtemps que possible, avec un immense sourire, fendant le vent furieux qui lui glaçait les os des doigts, du nez, des lèvres, mais elle s'en fichait parce qu'elle volait.

Elle volait.

Un sourire effleure ses lèvres froides et fendillées quand elle se remémore ces moments-là, mais il disparaît aussitôt.

Toutes les pensées qui lui viennent à l'esprit s'évanouissent aussitôt. Elle n'arrive pas à réfléchir. La douleur l'en empêche. Chaque fois qu'elle fait le moindre mouvement, la douleur semble être le seul élément du monde à être entièrement réel. Sur le côté droit, à l'intérieur, sous l'aisselle – c'est là que c'est le pire. Ça la gratte. C'est gelé, et en même temps ça brûle. Et ça gratte.

Tout ce qu'elle voulait, c'était prendre un bain.

Elle ne comprend pas ce qui s'est passé. Pourquoi est-ce que cet homme l'a poignardée ? Elle ne le connaît pas et elle ne lui a rien fait, alors pourquoi la poignarder ? Elle est certaine de ne l'avoir jamais vu avant cette nuit.

Elle atteint le banc, s'appuie avec les bras sur le siège et se hisse. La peinture est partie à cause des intempéries et de tous les jeans qui se sont assis dessus, et elle sent le grain dur du bois gris sur sa peau. Elle s'entend grogner tandis qu'elle se soulève, se redresse, et elle sent un nouvel afflux de sang chaud à l'odeur cuivrée qui lui dégouline le long du dos, ainsi qu'une douleur perçante à l'aisselle – et le grognement se mue en cri, mais pour autant elle n'arrête pas de pousser. Elle n'arrête pas avant d'être sur ses pieds. Ça paraît précaire, mais ça y est, elle est debout. Elle se sent tanguer à gauche, puis à droite. De vagues points noirs dansent devant ses yeux, remuant dans tous les sens, comme des insectes, comme des grains de poussière dans un rayon de lumière. Elle a la tête qui tourne, mais elle est debout – elle est debout.

Et maintenant elle sent aussi quelque chose de chaud lui couler par-devant ; elle se souvient de la deuxième attaque, elle baisse les yeux et voit quatre trous supplémentaires sur sa robe bleu clair, sa robe neuve qu'elle a achetée chez *Woolworths* il y a seulement une semaine – un petit cadeau qu'elle s'est fait à elle-même pour se récompenser d'avoir travaillé si dur le mois dernier. Elle a eu droit à des compliments plus tôt dans la soirée, elle était ravie de cet achat.

Elle regarde autour d'elle. La plupart des visages qui se penchaient vers elle tout à l'heure ont disparu. La plupart des lumières dans les appartements se sont éteintes. Mais quelques salons sont encore éclairés, et dans d'autres, même si les lampes sont éteintes, elle aperçoit des gens debout derrière les fenêtres, qui la regardent. Peut-être ont-ils éteint leurs lumières pour mieux voir dehors, ou peut-être pas. Quoi qu'il en soit, quelques visages avec des yeux blancs l'observent encore.

"Au… secours. Je vous en prie."

Elle a voulu crier, mais c'était à peine un murmure. Une faible brise. Un bruissement de feuilles. Elle n'a pas la force d'émettre beaucoup plus que ça – mais elle essaie encore.

"Quelqu'un, s'il vous plaît, dit-elle et sa voix se brise. Au secours ! Je vous en prie !"

Elle entend le désespoir dans sa voix.

Les gens qui la regardent depuis leurs salons ne bougent pas.

Peut-être n'est-ce qu'un rêve. C'est bien ce à quoi ça ressemble. Ça doit être ça. Adolescente, Kat restait souvent allongée dans son lit à se demander si toute sa vie n'était qu'un rêve. Elle restait au lit et elle avait peur de s'endormir, car elle se disait que quand elle se réveillerait, elle retournerait dans sa vraie vie et que, dans sa vraie vie, elle était peut-être déjà une vieille femme, ou quelque chose de triste dans le genre. Alors elle restait au lit, se disant que cette vie était un rêve, mais un beau rêve, un rêve dont elle ne voulait pas se réveiller, notamment parce qu'elle ne savait pas dans quel monde elle se réveillerait – c'est quoi, le réel ? Sauf que maintenant elle souhaiterait être en plein rêve. Elle espère qu'elle va se réveiller, peu importe dans quelle réalité, ça ne pourra qu'être mieux. Elle ferme les yeux et s'ordonne de se réveiller, mais quand elle les rouvre, elle est encore là, entourée de béton et de verre, au milieu d'une cour déserte.

Pourquoi est-ce que personne ne vient l'aider ? S'il ne s'agit pas d'un rêve, pourquoi est-ce que personne ne l'aide ?

Parce que c'est un cauchemar, lui murmure une voix.

Des larmes coulent le long de son visage pâle.

Elle ne les sent pas, mais elle sait qu'elles y sont.

Et, pendant un moment, elle s'autorise à se laisser aller. A pleurer. Accompagnant les larmes, son corps tremble, pris de convulsions qui déclenchent une douleur aiguë, qui font couler davantage de sang, mais elle s'autorise quand même à pleurer, parce que de toute façon, les larmes couleront qu'elle le veuille ou non.

Puis elle se force à s'arrêter. Elle ferme la valve. Elle ne peut pas se laisser saigner à mort ici. Elle ne peut pas accepter ça. Il faut qu'elle agisse. Il faut qu'elle rentre chez elle, voilà ce qu'elle doit faire, et pleurer ne l'aidera pas.

Elle regarde dans la direction de son appartement, la direction dont elle s'est éloignée en rampant. Ses yeux suivent la traînée de sang qui mène au coin de l'immeuble. Une quantité impressionnante de sang. Il a l'air marron sous l'éclairage de la cour, marron au lieu de rouge.

Où est son sac ?

Devant sa porte. Elle l'a laissé tomber devant sa porte.

Où sont ses clés ? Elle ferme les yeux, essayant de réfléchir.

Elles sont sur la porte, mais elle n'en a pas besoin. La porte est ouverte. Elle se rappelle avoir ouvert la porte, alors la porte doit encore être ouverte.

Parfois, quand il fait chaud et qu'elle veut permettre à la brise de souffler à travers l'appartement, elle laisse la porte ouverte pour que le vent entre, puis ressorte par la fenêtre. C'est précisément pour cette raison qu'elle avait insisté pour obtenir un des huit appartements en rez-de-jardin de la résidence. Il faut qu'elle la bloque, cela dit, car de temps en temps un coup de vent referme la porte. Mais, cette fois-ci, ça ne s'est pas produit. Elle aurait entendu la porte claquer si cela avait été le cas. Ça signifie donc que la porte est ouverte.

Tout ce qu'il lui reste à faire, c'est rejoindre son appartement.

Un objectif atteignable.

Fastoche.

Elle se l'imagine sans problème. Elle marche vers la porte pas à pas. Elle a la tête qui tourne et ce n'est pas facile de rester debout, mais elle tend les bras en avant, loin du corps, pour garder l'équilibre – comme elle faisait quand, petite, elle marchait le long de quelque chose d'étroit, par exemple ce muret autour des arbustes devant son école primaire ; elle faisait semblant d'être une funambule dans un cirque, célèbre dans le monde entier, et elle fermait les yeux et tendait les bras, loin de son corps pour garder l'équilibre… Et voilà qu'elle marche, pas à pas, et puis elle la voit, sa porte d'entrée, ouverte, pas fermée, parce qu'elle l'aurait entendue claquer si elle était fermée, et il lui suffit de tendre les bras et de la pousser encore un peu pour qu'elle s'ouvre en grand, et voilà, elle est à l'intérieur, il y a un canapé et son fauteuil préféré et les coussins qu'elle a achetés il y a deux mois pour aller avec les rideaux, et les photos de sa famille, et le téléphone, il y a son téléphone sur la petite table au bout du canapé, elle va décrocher directement, coller le combiné contre son oreille, dire : "Bonjour, opérateur, j'ai besoin d'une ambulance."

Oui, pense-t-elle. Voilà ce que je vais faire.

C'est un objectif atteignable.

Comme remplir un verre. Comme changer une roue.

Fastoche.

Elle se concentre uniquement sur ses gestes, et elle fait son premier pas en direction de l'appartement. Son genou gauche veut ployer au moment où elle avance la jambe droite, mais elle réussit à le garder fermement en place – il tremble, c'est vrai, mais il tient –, puis elle pose le pied droit. Voilà un pas de fait. Un pas de moins à faire avant d'être sauvée, avant de se sauver elle-même. Elle bloque le genou droit et avance la jambe gauche au même niveau que la jambe droite. Elle se redresse, respire profondément. OK, se dit-elle. Encore. Elle avance la jambe gauche, prudemment, prudemment… mais soudain, sans prévenir, sa jambe droite lâche – j'abandonne, j'arrête – et c'est fini, sous Kat il n'y a plus que du béton dur, elle se brise en mille morceaux en tombant par terre.

“Merde !”

C’est la première fois qu’elle jure à voix haute depuis des lustres, mais à ce stade-là elle s’en fout. Elle s’en contrefout.

Elle frappe le béton avec la paume de la main, et cette fois-ci, quand les larmes coulent, elle n’essaie même pas de les arrêter.

20

Alan gare sa voiture de patrouille contre le trottoir devant une petite maison de plain-pied – près de l'angle d'une rue à sens unique où des maisons de grès brun en rangée cèdent peu à peu la place à des demeures indépendantes style Tudor à colombages foncés –, puis il coupe le contact. L'entrée est éclairée, mais les rideaux sont tirés. Ces rideaux sont rouges, alors la lumière qui passe à travers et se répand sur la pelouse est rouge, elle aussi. Alan se dit que les rideaux rouges sont le signe que le type est soit marié, soit pédé, plutôt marié en fait – un pédé n'aurait pas les couilles d'oser un truc pareil.

Il descend de voiture et va ouvrir le coffre, fait ce qu'il doit faire. Puis il claque le coffre et traverse la pelouse humide de rosée. La porte d'entrée est blanche, avec juste en dessous du judas un heurtoir doré tellement gros que c'en est ridicule.

Alan cogne à la porte avec le poing, puis attend, les mains derrière le dos.

Au bout de quelques secondes, la porte est ouverte par un homme obèse d'une quarantaine d'années, les cheveux tirant sur le roux, le visage rougeaud. Il s'appelle Todd Reynolds. C'est Charlie qui l'a dit à Alan. Charlie lui a également appris que l'homme avait un casier judiciaire vierge, pas même une contravention. Un citoyen modèle.

Un trouduc modèle, si vous voulez l'opinion d'Alan.

"Vous avez trouvé", dit M. Reynolds.

Sa voix semble provenir de juste derrière le nez, juste au-dessus du palais – elle est pâteuse et nasillarde, on dirait presque une voix de personnage de dessin animé. M. Reynolds sourit.

"J'ai trouvé, dit Alan.

— Bien, parfait.

— Vous savez, monsieur Reynolds…

— Todd.

— Vous savez, Todd, je veux pas vous dire comment conduire vos affaires, mais je dois vous avouer, c'est pas trop malin d'inviter chez vous en pleine nuit un homme à qui vous voulez extorquer quelque chose. La nuit, il peut se passer des trucs vraiment pas sympas. Et selon des statistiques récentes, quatre-vingt-sept pour cent des gens qui sont assassinés le sont chez eux." Il sourit. "Votre femme et vos gosses sont couchés ?

— Qui a dit que j'avais une femme et des gosses ?

— Vous portez une alliance et j'ai vu une batte de base-ball sur la pelouse : une femme, des gamins.

— Bon sang, j'avais dit à ce petit morveux de pas laisser traîner ses merdes.

— Les gamins…

— Sans blague, dit Todd. Mais venons-en au fait. Vous ne pouvez pas me faire peur, monsieur l'agent, si c'est ça que vous cherchez avec vos histoires de meurtre. Si je parle, non seulement vous n'aurez plus de carrière, mais vous risquez la prison, et on sait tous ce qui arrive aux flics en prison. Et pour être franc, c'est pas ce que je veux. Je veux juste une part du gâteau. Cinq mille dollars. D'ici à demain.

Je l'ai déjà dit à votre pote, mais il a insisté pour que vous passiez, je sais pas pourquoi.

— Il voulait que j'essaie de vous faire revenir à la raison.

— Ma décision est prise, dit Todd. Je compte pas négocier."

Alan hoche la tête.

"Vous ne négociez pas et je peux pas vous faire peur. C'est ça, en gros ?

— C'est ça, oui.

— Alors vous êtes plus bête que je croyais.

— Pourquoi ça, monsieur l'agent ?" demande Todd en souriant.

Alan laisse ses bras pendre le long de son corps, révélant ses poings gantés. Dans sa main droite, un démonte-pneu rouillé.

"Regardez bien l'homme que vous avez devant vous. Je vous fais peur, maintenant ?"

Le sourire de Todd – celui qui dit j'ai gagné et je le sais – s'évanouit.

"Attendez une minute, dit-il en faisant un pas en arrière sur les carreaux gris du vestibule.

— Charlie pensait que vous seriez peut-être raisonnable, dit Alan, mais dès que j'ai entendu que vous vouliez cinq mille dollars – ce qui, pour info, fait à peine mille quatre cents dollars de moins que ce que Charlie et moi on a récupéré à deux –, j'ai su qu'il se trompait. J'ai su qu'on pourrait pas raisonner avec vous.

— Je vous en prie, supplie Todd.

— Je suis un bon officier de police, monsieur Reynolds. *Todd.* Au regard de la situation actuelle, je peux comprendre que vous ne me croyiez pas, mais c'est vrai. Je suis un bon flic. Mais voilà un fait dont vous n'avez peut-être pas connaissance : les flics risquent leur vie tous les jours, en contrepartie de quoi nous sommes payés une misère. Moi, j'ai trouvé un moyen d'arrondir un peu les fins de mois. J'ai une toute jeune épouse à la maison, Todd, avec un polichinelle dans le tiroir. Je veux offrir à ma femme et à mon gosse le genre de vie qu'ils méritent, le même genre de vie que vous voulez offrir à votre famille. Alors peut-être que la façon que j'ai trouvée de gagner un peu plus de fric n'est pas légale, mais vous serez la première personne à en souffrir – enfin presque –, tout ça parce que vous menacez ma famille, Todd.

— Allons, attendez, dit Todd. Attendez une minute. On peut encore arriver à…

— Quand des gens menacent ma famille, dit Alan en ne lui prêtant aucune attention, quand des gens menacent de détruire ma famille, ça me force à les détruire eux. C'est pas quelque chose qui me fait plaisir, Todd. C'est quelque chose que je suis obligé de faire. Que vous m'avez obligé à faire. Vous m'avez forcé la main, Todd – y a pas à dire."

Et c'est là que le démonte-pneu dans le poing d'Alan fend l'air froid de la nuit. On entend le bruit de quelque chose de dur et sans pitié qui s'abat sur quelque chose de tendre et creux. Du sang éclabousse la porte d'entrée blanche, repeint le heurtoir doré en rouge. Todd valse, sa mâchoire pendant comme une porte avec un gond arraché. Il décrit un cercle complet avant de s'effondrer par terre. Il lève les yeux vers Alan. La moitié inférieure de son visage est dévastée, on dirait la gueule d'un lion en plein festin, sauf que c'est son propre sang.

"Pitié", dit-il, la mâchoire enflée et la bouche détruite. Des miettes de dents en tombent comme des flocons, collant au sang et à la salive qui pendent sur son menton et jusque sur sa chemise.

"Non", dit Alan.

Todd cherche à agripper la jambe d'Alan, mais il est lent, Alan n'a aucun mal à se tenir à distance.

Alan frappe à nouveau avec le démonte-pneu, l'abattant verticalement comme pour débiter une bûche de bois, la toute dernière. Il y a un bruit humide lorsque le démonte-pneu atteint sa cible, comme une pastèque qui s'ouvre en deux et déverse son contenu juteux et sucré.

Ce bruit est suivi d'un silence.

Alan espère que le silence va durer. Il espère que la famille de Todd a l'habitude qu'il se couche tard, qu'ils ont appris à dormir malgré le bruit qu'il peut faire. Il détesterait avoir à leur faire subir le même sort, mais il fera ce qu'il faut. Lisez l'Ancien Testament : parfois les péchés du père sont payés par le fils ; Dieu prélève sa livre de chair à qui Il peut.

Immobile, Alan tend l'oreille un long moment.

Du sang dégouline du bout fourchu du démonte-pneu dans sa main.

Quand une minute s'est écoulée, Alan est satisfait. Il enjambe Todd et pénètre dans la maison, répandant du sang au-delà du carrelage du vestibule, jusque sur un tapis.

"Merde", murmure-t-il entre ses dents.

Il étale le sang qu'il a mis sur le tapis pour que personne ne puisse identifier la taille et le type de ses chaussures. Puis il s'approche de la télévision posée dans l'angle de la pièce, la débranche et la soulève. Elle est lourde, cette saloperie, mais au moins c'est pas un de ces énormes modèles en chêne ; ces trucs-là pèsent parfois plus de cinquante kilos. Il la porte jusqu'à sa voiture – laissant le fil traîner derrière lui – et la pose à côté du trottoir, sur une étroite bande d'herbe sèche. Puis il ouvre le coffre, range le démonte-pneu à l'intérieur. Il ouvre la portière arrière et charge la télé sur la banquette.

"T'es en état d'arrestation", souffle-t-il à l'appareil en rigolant intérieurement avant de refermer la portière.

Cette partie-là réglée, il traverse à nouveau la pelouse – passant à côté d'une batte de base-ball pour enfant – et retourne dans la maison de Reynolds. Il inspecte le salon, cherchant un téléphone qu'il finit par trouver, fixé au mur à côté du couloir menant à la cuisine. Il décroche, s'arrête avant de composer. Il raccroche. Pas encore, se dit-il. D'abord le film, ensuite le téléphone.

Si j'étais un film 8 mm, se demande-t-il, où me trouverais-je ? Il parcourt le salon des yeux, sans repérer aucune cachette correcte, puis va dans la cuisine et – aussi silencieusement que possible – ouvre plusieurs placards et tiroirs, sans rien découvrir. Il ne sait même pas si le type a fait développer le film ou non. Peut-être qu'il est déjà développé et qu'il se trouve sur une bobine quelque part, prêt à être regardé ; ou peut-être n'est-ce encore qu'une petite boîte contenant une bande en celluloïd. Non, ce film a bel et bien été développé. M. Reynolds l'a peut-être développé lui-même dans une bassine, mais ç'a été fait. C'était un homme qui était sûr de ce qu'il avait – si sûr qu'il l'avait probablement regardé à maintes reprises, le projetant sur un mur en béton au sous-sol.

Le sous-sol.

Il ne faut à Alan qu'une minute pour trouver la porte, puis descendre prudemment l'escalier. L'interrupteur est sur le mur en bas des marches – comme ça on peut se tuer en essayant de l'atteindre dans le noir, songe-t-il. Il appuie et une ampoule nue pendant à un fil marron en mauvais état prend vie, éclairant la pièce. Il y a des pots de peinture empilés dans un coin, plusieurs couleurs ont dégouliné le long du métal ; il y a des paniers de linge à côté, qui débordent de lingerie fine ; il y a des boîtes en carton sur lesquels on a marqué *Noël*. Et surtout, il y a un projecteur sur une petite table de jeu entourée de plusieurs bobines de film. Une de ces bobines est déjà chargée sur l'appareil, qui est pointé, comme Alan se l'imaginait, en direction d'un mur en béton.

Le pan de mur en question a été peint en blanc, de manière rapide et inégale.

Alan allume le projecteur : un rectangle de lumière pâle s'affiche sur le mur.

Alan lance le film, le cliquetis du projecteur servant de bande sonore à l'action. Ce qu'on voit a été filmé à travers une fenêtre. Les couleurs sont étranges, verdâtres, ternes, et le film est plein de rayures, alors Alan soupçonne que M. Reynolds – *Todd* – l'a bel et bien développé ici même dans une bassine, préférant ne pas faire appel à un professionnel. Sans doute voulait-il en garder le contenu privé. Alan imagine que des centaines de pornographes amateurs font pareil avec leurs propres films. Malgré la décoloration et les rayures, on suit très bien l'action. Alan et Charlie descendent d'une voiture, vont à la rencontre d'un homme, Gros Poisson, qui sort – en boitant : Alan avait vraiment fait jouer tout son charme – d'un immeuble en grès brun. Gros Poisson extrait une enveloppe blanche de la poche intérieure de sa veste et la tend à Alan. Alan ouvre l'enveloppe, compte rapidement l'argent, hoche la tête, et Charlie et lui s'en vont, regagnent la voiture. Le film continue, avec des sautes d'image – la caméra est tenue à la main –, et on voit Alan et Charlie qui démarrent, leur voiture qui s'en va, Gros Poisson qui les suit du regard jusqu'à ce qu'ils aient disparu, et alors, quand il est sûr qu'ils ne peuvent plus le voir, il leur fait un doigt, puis tourne le dos et rentre dans l'immeuble – mais la partie importante, c'est l'échange. Ensuite il y a une coupure, des images surexposées au blanc scintillant, puis à nouveau on voit quelque chose. L'entrée du même immeuble. Gros Poisson tend quelque chose qui n'est pas de l'argent à un Latino, une grosse enveloppe en papier kraft qu'il ouvre pour lui montrer qu'elle est pleine de sachets. Le Latino en prend un au hasard et glisse le petit doigt dedans, goûte, hoche la tête. Ils se parlent, puis ils se séparent, quittent tous les deux le cadre. La caméra tremble, se tourne à cent quatre-vingts degrés et on voit Todd, le visage flou, faisant un grand sourire et levant le pouce. Le film s'achève avec encore quelques secondes de pellicule blanche scintillante, puis c'est le noir.

Alan prend la bobine et remonte.

En haut, à côté de la cuisine, il décroche à nouveau le téléphone.

"Allô, murmure-t-il dans le combiné, ne voulant pas réveiller la famille. J'ai besoin de la police, c'est une urgence."

Il dit à la police qu'il s'appelle Todd Reynolds. Il leur dit que quelqu'un cherche à forcer l'entrée de sa maison – un Noir cherche à forcer la porte. Il leur donne l'adresse, termine par "Il entre ! Il en…" et raccroche brusquement, le sourire aux lèvres.

C'était parfait. Il aurait dû être acteur. Il pourrait jouer un policier à la télé. La paie serait certainement meilleure.

Il ressort dans la nuit, prenant soin cette fois-ci de ne pas marcher dans la flaque de sang grandissante. C'est vraiment pas le bon moment de glisser et de tomber. Marchant vers le véhicule de patrouille, il enlève ses gants en caoutchouc. Ses mains sont humides de sueur et ses doigts ont déjà commencé à se rider. Il faudra qu'il remette les gants encore une fois avant que la nuit se termine, mais en attendant, autant les laisser respirer.

21

William gare son grand break dans l'allée, au-dessus d'un plateau en métal rempli de sable. La voiture a une fuite d'huile depuis quelque temps, mais il n'a pas eu l'occasion de la porter à réparer. Un plateau pour récupérer l'huile, c'est ce qu'il peut faire de mieux pour le moment.

Il reste assis derrière le volant et contemple la porte blanche du garage. Elle est cabossée là où il l'a cognée il y a trois mois, quand il a avancé trop loin. Le creux commence à rouiller, là où le métal a craquelé la peinture en se pliant. Encore un truc qu'il faudra réparer.

Et maintenant William a du sang sur ses bottes de chantier.

Et peut-être que quelqu'un pourra l'identifier.

Au moins il est parti à temps. La police est probablement sur place à l'heure qu'il est, alors c'est bien qu'il soit parti sans plus tarder.

Il ouvre la portière du break et sort. Il inspecte ses bottes dans le clair de lune. Ici le sang paraît presque noir, et il y en a beaucoup, mais il pourra peut-être le nettoyer. Il l'espère, en tout cas. Elles sont quasiment neuves et ça l'embêterait d'avoir à les remplacer aussi vite. Elles ont à peine eu le temps de se faire.

Ce n'était pas une bonne idée de les porter ce soir. Mais bon, il n'avait pas les idées claires ; il lui était impossible de réfléchir posément. Il avait *envie*, c'est tout. Et il a encore envie. Son ventre est noué de désir et son érection lui fait mal, tellement il a *besoin*. Ça ne disparaît pas. Ça englobe tout, ce besoin, et comme il a fallu que William s'enfuie, alors c'est toujours là. Il ne doit pas y prêter attention. Ça finira par disparaître. Il l'espère.

Il claque la portière et parcourt la moitié de la distance qui le sépare de la maison, quand il se souvient du couteau. Il retourne à la voiture, le récupère sur le siège du passager et, le tenant à la main, remonte l'allée.

Une fois à l'intérieur de la maison, il referme doucement la porte d'entrée, voulant éviter de réveiller sa femme et ses gosses, tourne le verrou et accroche la chaînette.

Puis il se rend dans la cuisine et allume la lumière au-dessus de l'évier. Il pose le couteau dans le bassin métallique et fait couler l'eau chaude. Il verse du liquide vaisselle sur ses mains et les frotte. Elles sont dures et calleuses, la peau s'arrache sur le pourtour des ongles, révélant la chair en dessous. Il a l'impression que le sang ne partira jamais – mais il avait la même impression la dernière fois.

Il se rince les mains sous le jet fumant, si chaud qu'il en a presque mal. Ses mains le picotent. Il regarde l'eau rose s'écouler en formant une spirale qui tourne dans le sens inverse des aiguilles d'une montre.

Il frotte le sang sur le grand couteau de cuisine à l'aide d'une éponge verte ; une fois qu'il est nettoyé et rincé, il pose le couteau sur l'égouttoir où il l'a pris plus tôt dans la soirée.

Son érection ne s'est pas calmée et elle lui fait mal, mais il essaie de ne pas y prêter attention.

Pense à autre chose, s'ordonne-t-il, ce qui a pour seul effet de lui faire penser à l'agression de ce soir, l'agression interrompue. Il l'avait presque. Elle était presque à lui.

Il secoue la tête, s'efforçant de déloger cette pensée.

Il éteint la lumière au-dessus de l'évier et quitte la cuisine.

William ouvre la porte et regarde dans la chambre. Il peut voir ses deux filles couchées ensemble dans leur lit, se serrant l'une l'autre dans les bras. Il sait que c'est uniquement l'effet du réverbère dans la rue, dont la lumière filtre entre les lattes poussiéreuses du store, mais on dirait qu'elles luisent. Il trouve qu'elles ressemblent à des anges, à de beaux anges qui brillent dans la nuit. Il n'arrive pas à imaginer que quelqu'un d'aussi vil que lui ait pu jouer le moindre rôle dans leur création. Comment est-il possible qu'elles soient issues de lui, avec leur éclat, leur beauté, leur fraîcheur ?

La fille de huit ans lève la tête et le regarde.

“Qu'est-ce que tu fais, papa ?

— Rendors-toi, ma chérie”, dit-il en fermant la porte.

*

Dans la salle de bains, William baisse l'abattant des toilettes et s'assoit dessus. Se servant de la brosse que sa femme lui donne d'habitude pour nettoyer la baignoire, il s'attaque à ses bottes. Il les frotte pendant plusieurs minutes, rince la brosse sous le jet d'eau chaude du robinet de la baignoire, puis les frotte encore un coup. Mais il ne pense pas à ce qu'il fait. Il ne pense qu'à cette fille. Il ne sait pas ce qui ne va pas chez lui. On ne l'a pas élevé pour être comme ça. Et cette pauvre fille. Ç'aurait pu être n'importe qui. Si une autre femme était passée devant lui cinq minutes plus tôt, ç'aurait été elle à la place. Ou bien s'il avait trouvé un endroit différent pour se tapir dans l'ombre. Ou encore si ce type qui lui avait taxé une clope lui avait demandé ce qu'il faisait là. Cette pauvre fille. Ça le rend triste d'y penser, et pourtant il n'a qu'une envie, retourner finir ce qu'il a commencé. Rien d'autre ne l'intéresse. Il en a mal.

Il rince la brosse sous l'eau chaude une dernière fois, puis ferme le robinet de la baignoire.

Quelqu'un aurait dû l'arrêter.

Bon sang, si seulement cette érection pouvait disparaître !

Il défait les lacets de ses bottes et libère ses pieds en sueur. Puis il se lève et ôte son jean. Son jean aussi est taché de sang, mais pas beaucoup. Après deux lavages, on ne verra même pas que c'est du sang.

Il enlève son pull et son maillot de corps et sort de la salle de bains, vêtu uniquement de son caleçon couleur eau sale.

*

Quand William se laisse tomber sur le lit, Elaine se tourne vers lui, en profitant pour changer son oreiller de côté. Il distingue ses yeux qui l'observent et il se demande si elle peut entendre son cœur battre dans sa poitrine. Elle l'entend forcément : on dirait un tambour.

Elle sent bon, un mélange de shampooing, de beurre de coco et de transpiration.

“Tu étais où ?

— J'étais sorti marcher un peu.

— J'ai entendu la voiture.”

William n'a pas envie de parler. Il tend le bras et caresse le sein d'Elaine, mais elle repousse sa main. Il se penche et essaie de l'embrasser, mais elle détourne la tête, de sorte qu'il lui embrasse le cou.

“Pas maintenant”, dit-elle.

Il lui caresse l'autre sein, frottant son mamelon. Elle le repousse à nouveau, cette fois plus brutalement.

“Pas. Maintenant.”

William se laisse rouler sur le dos, contemple le plafond. Quelque chose cloche dans ses entrailles. Quelque chose dans ses entrailles ne le lâchera pas. Il y a un besoin, là, profond, qui ne le lâchera pas. Ça a faim, ça a pris possession de lui et ça refuse de le lâcher. Il faut qu'il y retourne. C'est la faute d'Elaine. Il faut qu'il y retourne et finisse ce qu'il a commencé. Même si ça veut dire que la police va mettre le grappin sur lui, même si ça veut dire qu'il va aller en prison pour le restant de ses jours – ça sera peut-être même pour le mieux : il n'aurait plus à cacher ce qu'il est à sa femme et à ses enfants, il ne serait plus en mesure de faire du mal aux autres. Mais il doit finir cette toute dernière chose. Il faut qu'il retourne là-bas.

Il redresse le torse et pivote, balançant les pieds hors du lit.

“Qu'est-ce que tu fais ?

— Je sors.

— Où ? Tu viens à peine de rentrer.

— Je sors, c'est tout", dit-il et il se lève.

Il va s'habiller dans la salle de bains, enfilant à nouveau son jean, ses bottes, son pull.

Il prend le grand couteau sur l'égouttoir à côté de l'évier de la cuisine et ressort dans la nuit.

22

Frank tourne à gauche et roule le long d'une rue à sens unique. A mesure qu'il avance, les maisons en rangée cèdent la place à des baraques individuelles style Tudor. Il jette des coups d'œil à gauche et à droite en roulant, cherchant une poussette renversée. Il parcourt trois pâtés de maisons sans rien voir.

Puis, au moment où il braque le volant de la Skylark légèrement vers la gauche pour éviter un nid-de-poule, un de ses phares l'illumine, étendue sur le côté entre deux voitures garées. Il distingue uniquement l'arrière en toile bleue, les poignées chromées et les roues aux pneus noirs. Ce qui se trouve à l'intérieur de la poussette est tourné dans l'autre direction.

"Oh, merde."

Le pied enfonçant la pédale de frein, les mains agrippant le volant, un phare illuminant une poussette accidentée, Frank ne bouge plus. Il lâche le volant, puis serre à nouveau les doigts autour. Il sent comme de la crasse sous ses paumes, comme de la crasse brûlante.

Il ferme les yeux et les rouvre.

OK, se dit-il.

Il passe la marche arrière et recule contre le trottoir, commençant par le heurter ; il redresse la voiture, se gare, coupe le contact.

Dès qu'il descend, l'air froid l'assaille. Il devait bien faire cinq degrés de plus dans la voiture, et pourtant Frank n'avait pas mis le chauffage. Il était simplement nerveux, en sueur, et la chaleur de son corps réchauffait la voiture. Maintenant qu'il est dehors, un frisson lui parcourt l'échine, glaçant la transpiration qui perle sur son corps. Il reste immobile à côté de sa voiture pendant un moment, un moment durant lequel il songe à remonter derrière le volant et à s'en aller, s'en aller et ne jamais regarder en arrière. Mais il ne le fait pas ; il ne pourrait pas, même si la pensée l'effleure. Il ne pourrait plus vivre avec lui-même. Il regarderait dans le miroir et ne verrait plus l'homme qu'il croit être ; il ne verrait qu'un lâche.

Il se souvient de quelque chose que son père lui a dit avant de mourir. Tous les hommes courageux ont peur, a-t-il dit à Frank – tous. Si un homme ne craint pas ce que les hommes normaux craignent, ça ne fait pas de lui quelqu'un de courageux, ça fait de lui un idiot. Un homme courageux est un homme qui ressent la peur, mais fait malgré tout ce qu'il doit faire. Si tu n'as pas peur, a-t-il dit à Frank, tu n'es pas brave.

"Tu as raison, papa", murmure Frank dans la nuit.

Il hoche la tête. Il hoche la tête et fait un premier pas en direction de la poussette. Qui est suivi d'un deuxième, puis d'un troisième.

Il marche jusqu'au dos de la poussette, tend le pied et la fait tourner vers lui du bout de sa chaussure en cuir noir, terrifié, puis quand il voit un bras il s'arrête.

"Oh mon Dieu."

Il se penche et tourne la poussette avec les mains, révélant ce qui se trouve de l'autre côté. Une jambe rose. Une tête de bébé qui pendouille.

Non.

Il cligne des yeux.

Son cœur bat si fort qu'il sent la pulsation derrière ses oreilles, et dans ses tempes aussi. Il se rend compte qu'il retenait son souffle, exhale longuement avant de déglutir.

Et alors il voit ce dont il s'agit vraiment. Une poupée – un poupon attaché dans une poussette. Couleur chair, avec un œil de verre bleu qui fixe Frank. Là où devrait se trouver l'autre œil, il n'y a plus qu'une cavité noire. Peut-être qu'un petit garçon l'a arraché du bout de sa fourchette pour l'ajouter à sa collection de billes ; peut-être que quelqu'un a fait tomber la poupée, que l'œil est sorti et qu'il a roulé dans un coin quelque part, hors d'atteinte. Quoi qu'il en soit, il n'y est plus.

En réaction au choc, la gorge de Frank émet un rire rauque qui le surprend tellement qu'il regarde autour de lui pour voir d'où il pourrait venir.

Quand il se rend compte que c'était son propre rire, il rit de plus belle.

Une putain de poupée.

Cette poussette a probablement passé cinq ans dans un placard au fond d'un couloir avant qu'une petite fille ne la trouve, n'y installe sa poupée et ne la promène dans tout le quartier jusqu'à ce que le soleil se mette à descendre vers la ligne d'horizon et que sa maman l'appelle pour venir manger son foie de volaille, ses petits pois et sa purée de pommes de terre. La fillette a abandonné sa poussette en pleine rue, là où Erin l'a percutée dans l'obscurité du petit matin, alors qu'elle rentrait à la maison après une longue nuit de travail, à moitié endormie, pensant à un truc qui s'était passé au boulot.

Frank se relève, ressent un léger étourdissement qui passe vite, puis tourne les talons et regagne sa voiture.

“Dieu soit loué, dit Erin dans le combiné. Rentre, maintenant. J’ai envie que tu me prennes dans tes bras.”

Elle sent ses jambes faiblir et elle se laisse choir dans un fauteuil.

Elle veut qu’il rentre, qu’il la regarde dans les yeux, qu’il lui sourie ; elle veut sentir ses bras costauds qui l’entourent, qui la protègent.

“J’arrive, dit Frank. Je serai là bientôt.

— Merci. Je t’aime, dit Erin qui a l’impression qu’on vient d’ôter un rocher écrasant sa poitrine. Je t’aime tellement.”

“Je t’aime aussi”, dit-il avant de raccrocher le combiné du téléphone public rayé par des vandales.

Il sourit en pensant à l’absurdité de la situation, à cette poupée borgne à l’origine de tout ça, puis il se détourne du téléphone et se dirige vers la Skylark, garée de l’autre côté de la route.

Arrivé au bord du trottoir, il vérifie qu’aucun phare n’approche dans aucune direction, puis il traverse la chaussée en trottant. En chemin, il remarque un véhicule de patrouille – la troisième voiture garée derrière la sienne. Il remarque qu’un officier de police est assis derrière le volant, et que cet officier de police l’observe.

Frank salue le flic d’un signe de tête et continue vers sa voiture, mais le flic ne répond pas. Il se contente de regarder.

Frank monte dans la Skylark, ferme la portière.

Il jette un coup d'œil dans le rétroviseur : le flic le regarde.

Frank démarre sa voiture ; un instant plus tard, il entend la voiture du flic démarrer.

Il enclenche son clignotant gauche et s'engage dans la rue déserte, direction la maison ; les phares jaunes et ronds du flic le suivent.

23

Peter Adams fait les cent pas, usant le tapis sous ses pieds. Ron et Bettie sont tranquillement assis l'un à côté de l'autre sur le canapé. Ils se tiennent la main et le regardent en silence.

Mais lui continue de faire les cent pas – de tourner en rond.

Ça ne va pas. Ça n'aurait pas dû se produire. Il ne comprend pas comment c'est arrivé. Ça n'a pas de sens. Non. Peter est un type bien – du moins il essaie. Comment un type bien peut-il se retrouver dans une situation pareille ? C'est stupide. C'est stupide, bon sang, et ça n'a pas de sens.

"Tu devrais aller lui parler", dit Ron.

Peter s'arrête une seconde et regarde Ron.

Ron le regarde sans qu'on puisse lire aucune expression sur son visage – comme si ce n'était pas lui qui avait mis Peter dans ce pétrin, comme si toute cette histoire d'échangisme n'était pas d'abord son idée.

"Je ne veux pas lui parler.

— Tu commets une erreur, dit Ron.

— Va te faire foutre.

— J'essaie de t'aider.

— Toi non plus je veux pas te parler, bon sang ! s'exclame Peter avant de se tourner vers Bettie. Comment peux-tu dire qu'on n'a partagé que du sexe ?"

Il déteste le geignement infantile qu'il entend dans sa voix.

“Parce que, lui répond Ron, vous n'avez partagé que du sexe. C'était le but.

— Toi, je veux pas te parler, putain, répète Peter. Tu crois que t'es au-dessus de tout ça, hein ? Tu crois que t'es un type vachement sophistiqué ? Ouais, enfin, je te parlais pas. Je parlais à Bettie.

— Non, ce n'est pas à moi que tu parlais...” dit Ron, calmement, de sorte que Peter le déteste encore plus.

Peter voudrait que ce type se mette en colère, se montre déraisonnable – cette situation n'est pas raisonnable et elle mérite qu'on se comporte déraisonnablement, nom de Dieu, qu'on perde son calme.

“... mais tu t'adressais à ma femme, poursuit Ron, et dans des situations de ce genre, j'ai le sentiment de pouvoir parler pour elle. Surtout quand je me contente de répéter ce qu'elle vient elle-même de dire.

— Des situations de ce genre ?

— Bettie est ma femme. Le simple fait d'avoir couché avec elle ne signifie pas que tu as gagné le droit de l'aimer. Non. Ce droit-là m'est réservé. Plus vite tu te seras mis ça dans le crâne, plus vite tu pourras réparer les dégâts avec ta propre femme, et mieux ce sera pour toi.

— Va te faire foutre”, lance Peter en tournant le dos à Ron. Mais, un instant plus tard, il lui fait de nouveau face. “Est-ce que tu pourrais me laisser parler seul à seul avec Bettie ? S'il te plaît.” Encore ce geignement infantile dans sa voix. Il déteste être comme ça, mais ne parvient pas à s'en empêcher. Un adulte qui geint. Un adulte avec des ongles manucurés et une coupe de cheveux impeccable qui geint. Un adulte qui en sait plus sur le bon merlot qu'il n'en saura jamais sur les moteurs à combustion interne – et qui geint. C'est incroyable à quel point il se déteste.

“S'il te plaît, répète-t-il.

— Elle a déjà dit qu'elle n'est pas intéressée par ce que tu as à offrir.

— Parce que tu es assis ici, nom de Dieu ! Laisse-moi lui parler seul à seul.

— Ron”, dit Bettie.

Ron la regarde.

“Ça va aller.

— Tu es sûre ?”

Elle hoche la tête.

“OK, dit Ron en se levant. D'accord.”

24

L'horloge à côté du lit dit qu'il est quatre heures cinquante, mais ni Thomas ni Christopher n'y prêtent attention. Christopher est allongé sur le ventre, et Thomas est sur lui, recouvert d'un film de sueur, le torse relevé, une main appuyée entre les omoplates de Christopher. Les deux hommes sont silencieux dans les derniers moments ; on entend seulement le souffle court et rapide de Thomas, puis c'est fini.

Roulant sur le matelas, Thomas s'écarte de Christopher et sent la culpabilité le saisir avant même de se retrouver sur le dos, à fixer le plafond des yeux.

Christopher se lève.

"Je vais me nettoyer, dit-il. Je reviens tout de suite."

Thomas hoche la tête, mais il évite de croiser son regard. Il ne peut pas, pas après ce qu'ils viennent de faire.

Il scrute le plafond.

Il y a une tache jaunâtre de fuite d'eau, d'une forme évoquant un peu un croissant de lune dessiné par un enfant, et Thomas essaie de comprendre d'où elle peut provenir. Il ne devrait pas y avoir de plomberie à cet endroit. Théoriquement, la pièce au-dessus est aussi une chambre. Peut-être est-ce la chambre d'un enfant, un enfant qui fait souvent pipi au lit. Peut-être que les voisins du dessus ont mis une plante là-haut, qu'ils noient sous des litres d'eau. Il ne sait pas. Il s'en fiche. Ce n'est qu'une tache parmi d'autres dans un monde plein de taches.

Thomas prend ses cigarettes sur la table de nuit, en coince une entre ses lèvres, frotte une allumette. Il a toujours aimé l'odeur des allumettes. Quand il était petit, vers dix, onze ans, et qu'il mettait la main sur une boîte, il les brûlait les unes après les autres, rien que pour sentir l'odeur de soufre quand la flamme surgissait ; et comme sa grand-mère fumait deux paquets par jour et qu'en plus elle était distraite, il trouvait des boîtes partout, disséminées à travers la maison.

Il découvrait aussi des bouteilles de gin et de vermouth cachées, qu'il goûtait, grimaçant, puis remettait en place. A l'époque, il ne se doutait pas que mamie avait nécessairement dû obtenir cet alcool illégalement, mais il savait qu'elle buvait en douce, se versant un mélange à base des deux bouteilles dans des gobelets de jus de fruits quand elle croyait que Thomas n'était pas là, ajoutant des olives et sirotant le tout en fumant et en écoutant ses émissions. Il avait entendu parler de la Prohibition, bien sûr – avait entendu le mot, en tout cas –, mais il n'avait fait le rapprochement avec les gobelets de jus de fruits de mamie que beaucoup plus tard ; il n'avait pas non plus fait le rapprochement entre Roosevelt, le *Cullen-Harrison Act**, la soudaine visibilité des débits de boissons, et le fait qu'elle le laissait souvent seul à la maison et dégageait une forte odeur de fermentation quand elle rentrait.

Il avait cependant compris qu'il y avait un lien entre boisson et perte de mémoire : s'il réclamait

* Loi de 1933 destinée à assouplir la Prohibition, autorisant la vente de bière et de vin faiblement alcoolisés.

son argent de poche quand mamie en était à son troisième ou quatrième verre, il pouvait en général le lui demander à nouveau dès le lendemain et ainsi y avoir droit deux fois.

Il tire une longue bouffée de sa cigarette, se sentant déprimé, perdu.

Ça n'aurait pas dû se produire.

Prenant appui sur le matelas, il se lève et cherche son pantalon, qu'il ne sait absolument pas où il a laissé. Il finit par apercevoir une jambe froissée dépassant de sous le lit. Il tire le pantalon de l'ombre comme s'il s'agissait d'un animal prêt à s'échapper, secoue les moutons de poussière qui s'y sont accrochés et l'enfile.

Il se rassoit sur le matelas, continue à tirer sur sa cigarette. Une fois la première fumée jusqu'au filtre, il s'en sert pour en allumer une autre, puis l'écrase dans le cendrier en verre sur la table de nuit.

Bientôt, trop tôt, Christopher sort de la salle de bains, vêtu en tout et pour tout d'un caleçon. Thomas voudrait qu'il s'habille. Il devrait au moins mettre un pantalon. Thomas ne veut pas voir son corps ; ça ne fait que lui rappeler ce qui s'est passé ici ce soir.

Thomas observe son visage, mais brièvement, et ensuite regarde ailleurs.

"Peut-être que tu devrais partir", dit-il.

Christopher se fige. Thomas sent le regard de Christopher posé sur lui, mais il refuse de le regarder en retour.

"Pardon ? dit Christopher.

— Peut-être que tu devrais partir."

Christopher demeure immobile un long moment encore. Il ne dit rien et il ne bouge pas. Et assurément il ne part pas.

"Je peux avoir une cigarette ?" demande-t-il enfin.

Thomas hoche la tête mais ne fait pas de geste pour lui en tendre une.

Christopher s'approche de la table de nuit, sort lui-même une cigarette du paquet, l'allume avec une allumette. L'odeur de soufre emplit l'air. Puis il reste là, regardant l'allumette brûler entre ses doigts, et quand la flamme atteint sa peau il pince le bout, qui n'est plus enflammé mais sans doute encore chaud, et laisse la flamme consumer le reste du bâtonnet. Une fois l'allumette entièrement carbonisée, la flamme s'éteint toute seule et Christopher lâche le bâtonnet noir dans le cendrier, parmi les restes de cendres, de mégots, de rognures d'ongles.

Thomas remarque qu'il y a beaucoup de poussière sur le plancher. Vraiment beaucoup.

Il se demande qui a donné le nom "plancher" au plancher.

"C'est la première fois que je fais ça", dit-il.

Christopher tire une bouffée de sa cigarette et s'assoit à côté de lui.

"Tu es fâché contre moi ?"

Thomas secoue la tête.

"Je me dégoûte, dit-il. C'était une erreur et c'est à moi que j'en veux.

— Pourquoi ?

— Pourquoi quoi ?

— Pourquoi c'était une erreur ?"

Thomas hausse les épaules.

"Je sais pas. C'est mal."

Mais il lance un coup d'œil vers Christopher, sa première tentative de le regarder dans les yeux depuis que Christopher est sorti de la salle de bains : c'est très court, il ramène presque immédiatement son regard vers le plancher. C'est bizarre qu'il n'ait jamais remarqué toute cette poussière.

“J’ai passé ma vie entière, reprend-il, à essayer d’être normal. A me dire… je sais pas. A me dire que je n’avais tout simplement pas trouvé la femme qui me convenait. A me dire…” Il secoue la tête. “Il va falloir que je quitte l’équipe de bowling.”

Il ne devrait même pas être en vie à l’heure qu’il est. S’il s’était tué au moment prévu, rien de ceci ne serait arrivé. Il aurait dû appuyer sur la détente dès qu’il a entendu frapper. Christopher aurait peut-être enfoncé la porte et l’aurait trouvé mort, mais ce serait mieux que ça, mieux que ce qu’il ressent maintenant.

“On n’a rien fait de mal”, dit Christopher.

Thomas tire sur sa cigarette, puis la secoue au-dessus du cendrier, tapotant son pouce contre le filtre pour faire tomber la partie consumée. Il a chaud aux poumons. Il contemple le tas de cendres, de mégots, de rognures d’ongles.

Quelqu’un devrait inventer un chiffon à poussière pour parquet, fixé à un long bâton pour que les gens n’aient pas à se pencher. Peut-être que quelqu’un y a déjà pensé. Il va falloir qu’il regarde ça de plus près.

“Thomas, dit Christopher.

— Quoi ?

— On n’a rien fait de mal.”

Avec ses dents, Thomas arrache un bout de peau morte de sa lèvre inférieure, le dépose sur sa langue, puis le crache comme s’il s’agissait d’un bout d’écorce. Il ne voit pas dans quelle direction il part.

“Tu serais prêt à raconter à quelqu’un ce qu’on vient de faire ?” demande-t-il.

Christopher met un moment avant de répondre : “Non.

— Pourquoi ça ?

— Ça mettrait fin à certaines amitiés, dit Christopher. Ça…” Il ne termine pas sa phrase.

Thomas hoche la tête.

“Ça te ferait honte, dit-il. Quand on a honte de quelque chose, c’est forcément que c’est mal, non ?” Puis il répond à sa propre question : “Evidemment.”

Il tire sur sa cigarette et contemple le mur.

“Ça nous fait honte, explique Christopher, parce qu’on nous a dit qu’il fallait en avoir honte.

— Peut-être.

— Quelque chose qui ne fait de mal à personne… pourquoi ce serait mal ?

— En tout cas j’en suis pas fier, dit Thomas. J’ai l’impression d’avoir fait une bêtise. J’ai l’impression d’avoir fait quelque chose de mal.

— Parce que toute ta vie durant on t’a raconté que c’était mal, dit Christopher. Alors voilà, tu t’en veux, et comme tu t’en veux, tu penses que ça doit être mal. Mais on n’a rien volé. On n’a fait de mal à personne. On a simplement…” Il tousse dans sa main et détourne le regard. “Tu sais, en ce moment, on envoie des gamins au Viêtnam pour tuer des gens à cause de certaines idées, c’est tout. On envoie des garçons qui sortent à peine du lycée pour tuer des gens qui ne nous ont jamais menacés, simplement parce qu’on n’aime pas leur façon de voir les choses.” Il rit. “Et malgré ça, c’est ce que toi et moi on a fait ici ce soir qui est censé être honteux.

— Je sais pas si c’est aussi simple que ça.

— Peut-être pas, dit Christopher. Mais tu vois ce que je veux dire.

— Je vois ce que tu veux dire.

— Bien.”

Alors Christopher tend la main vers Thomas. Il ne le touche pas, mais il tend la main et la pose sur le matelas tout près de lui.

“Je t’apprécie beaucoup, Thomas, dit-il.

— Je t'apprécie aussi", dit Thomas. Puis il lève les yeux et croise à nouveau le regard de Christopher, mais cette fois-ci il ne détourne pas le sien. Il hoche la tête, autant pour lui-même que pour Christopher. "Beaucoup."

25

L'horloge sonne cinq heures. La vache fait meuh.

26

David est à l'arrière avec M. Vacanti tandis que John conduit l'ambulance en direction de l'hôpital. Sans connaissance, M. Vacanti est attaché au brancard, attaché avec des sangles très serrées – pour sa propre sécurité, bien entendu.

"Ralentis ! crie David par-dessus le bruit des sirènes.

— Il a une hémorragie interne, dit John. Il risque de mourir.

— Alors il mourra. J'ai des trucs à régler avec lui.

— Alors fais-le, parce que je compte pas ralentir."

David brise une capsule de sels sous le nez de M. Vacanti et regarde le papier marron autour de la capsule virer au noir tandis que le type inspire, hoquette, tousse, ouvre des yeux qui se révulsent comme des billes de roulement trop graissées. Des vaisseaux ont pété dans son œil gauche, l'emplissant de sang.

Son regard finit par se fixer, vers David ; et alors il a l'air étrangement confus, on croirait voir l'ombre d'un nuage passer sur son visage.

"Davey ? demande-t-il d'un ton hésitant. Davey White ?

— Sauf que c'est David maintenant.

— Qu'est-ce que tu fais ici ?

— Mauvaise question, monsieur Vacanti.

— Quoi ?”

Du bout de deux doigts, David tapote l’étagère en verre dépassant du front de M. Vacanti, comme s’il s’agissait du dessus d’une table et qu’il tenait à appuyer ses propos. M. Vacanti gémit. Il remue comme s’il allait faire un geste pour écarter la main de David, mais il ne peut pas bouger. David voit ses yeux s’illuminer de panique au moment où il se rend compte qu’il est attaché. Que ses sangles sont très serrées. Il lance un coup d’œil vers ses poignets immobilisés, puis lève à nouveau le regard vers David.

“Qu’est-ce qui se passe ? demande-t-il. Qu’est-ce que tu fais là ?

— Je vous ai déjà dit que c’est la mauvaise question, monsieur Vacanti”, répond David, et en appuyant sur la dernière syllabe de sa phrase, il appuie aussi sur le verre qui sort du front de M. Vacanti. Ce dernier gémit. “La bonne question c’est : Qu’est-ce que *vous* vous faites ici ? Et la réponse est : Vous avez eu un accident de voiture. Des gens ont appelé les secours. Et il se trouve que je suis secouriste. Malheureusement, vos blessures…” Il saisit le bout de verre et le secoue légèrement. “… dépassent mes compétences. Quant à l’hôpital, eh bien…” Il rit. “… disons que je ne crois pas que vous allez y arriver vivant.”

David sort une petite bouteille plate de sa poche-revolver. Il dévisse le bouchon et boit un coup. Ça lui brûle la gorge, ça lui fait du bien. Il enchaîne immédiatement avec une deuxième lampée. Le liquide lui réchauffe les entrailles. Il a l’impression d’avoir allumé un petit feu dans sa poitrine.

“De quoi je souffre ? demande M. Vacanti.

— C’est une question que vous auriez dû vous poser il y a des décennies de ça.”

David boit une dernière gorgée, revisse le bouchon et range la bouteille. Il a passé vingt-six ans sans voir ce fumier, et le voilà qui réapparaît dans ces circonstances-là. Vingt-six ans. David aurait presque pu oublier. Au cours de la décennie passée, il n'avait pensé à lui qu'une ou deux fois par an. Il avait presque réussi à oublier.

"La médecine préventive, c'est ça la clé, reprend-il. Si seulement vous vous étiez demandé ce qui n'allait pas chez vous à l'époque, si seulement vous aviez pu vous guérir de votre maladie, eh bien... je pense qu'aujourd'hui vous ne seriez pas sur le point de mourir, monsieur Vacanti."

Ce dernier essaie de se dégager des sangles qui le maintiennent couché. Il lutte, tirant de toutes ses forces, ses mains deviennent violettes, il grince des dents, grogne, raidit le corps mais, finalement – bien sûr –, il abandonne.

"Tu ne pourras pas te pardonner ça", dit-il à David.

David hoche la tête :

"C'est probablement vrai. Après tout, j'ai pas été capable de vous pardonner à vous. Faut croire que je suis pas du genre à pardonner, hein, monsieur Vacanti ? Enfin, au moins je suis pas un prédateur qui s'en prend aux enfants. On a tous nos défauts, n'est-ce pas ?"

Il attend une réponse, mais M. Vacanti se contente de le regarder. C'est bien comme ça ; il n'y a rien que ce salopard puisse dire, de toute façon.

"Mais le truc, poursuit David, c'est que même si je peux pas me pardonner, je pourrai vivre avec moi-même. Ce que je pourrais pas supporter, c'est de vous laisser partir, après ce que vous avez fait, maintenant que cette occasion m'a été donnée."

Il hoche la tête comme pour lui-même.

"Je ne voulais pas... dit M. Vacanti, qui s'essouffle.

— Mais vous l'avez fait", rétorque David. Il sourit et pince la joue ensanglantée de M. Vacanti. "«Fais ce que je te dis et ce sera vite terminé. Peut-être même que ça ne te fera pas mal.»" Il se gratte le menton, là où il a un début de barbe. "Ça vous rappelle quelque chose, monsieur Vacanti ?"

Au bout de quelques secondes, M. Vacanti secoue la tête.

"C'est une citation *verbatim*, dit David. Devinez de qui."

Un moment de silence.

"Moi", concède enfin M. Vacanti, sans le regarder.

"Gagné, dit David avant de tapoter joyeusement sur le morceau de vitre qui dépasse de la tête de M. Vacanti. Ga. Gné. Trouvé du premier coup. Bon Dieu, ce que vous êtes futé !" Il regarde le verre. "Affûté, on pourrait même dire. Pas étonnant que vous soyez prof. Les gamins ont tant de choses à apprendre, n'est-ce pas ? Et vous êtes si bien placé pour les leur enseigner."

Ils doivent approcher de l'hôpital. Il ne faut pas qu'ils y arrivent, pas tant que M. Vacanti respire encore.

"Attendez ici", dit David à M. Vacanti, qui n'a pas le choix.

David va à l'avant du véhicule, où John est concentré sur la route.

"Ecoute-moi, lui dit David. Je veux que tu arrêtes l'ambulancc.

— Il va se vider de son sang et mourir, dit John. Je l'amène à l'hosto.

— Tu comprends pas ce qui se passe, dit David.

— J'en comprends assez pour savoir qu'il est pas question que je m'arrête.

— Je te le demande en tant qu'ami, dit David. On peut crever un des pneus. Dire qu'on a pas eu de veine. Personne saura jamais, putain. T'as rien à faire à part garer l'ambulance. Je m'occupe du reste." Il s'essuie les coins de la bouche. "Personne en saura jamais rien.

— Moi si, dit John. Je saurai qu'on a tué un homme dont on était censés sauver la vie. Je sais pas d'où tu connais ce type ni ce qui s'est passé entre vous, mais ça t'a fait perdre la tête et je compte pas prendre part à ça.

— Bordel de merde, John. On est amis, toi et moi. Je t'en supplie.

— On est amis, c'est vrai. Et depuis cinq ans qu'on bosse ensemble, je t'ai jamais vu te comporter comme ça, alors je suis prêt à parier que quoi qu'il t'ait fait, c'était sérieux, et je suis vraiment désolé, David. Vraiment. Mais je serai pas complice d'un meurtre. Hors de question.

— Tu comprends pas ? Je veux pas le tuer. Je veux pas le sauver, c'est tout.

— C'est notre boulot, dit John. Les gens font leur boulot, qu'ils en aient envie ou non.

— Pas dans un cas comme celui-là, non.

— Tu peux pas le tuer.

— Je t'ai déjà dit que je voulais pas le tuer.

— Ne pas le sauver alors que t'en as la possibilité, ça revient au même, et tu le sais, putain. C'est un meurtre – un meurtre de lâche. Maintenant écoute-moi, David. J'amène cette ambulance à l'hôpital sans faire le moindre arrêt. Si t'as un problème avec ce type derrière, c'est à toi de t'en occuper."

David veut lui faire comprendre, veut trouver les mots pour qu'il comprenne, mais il sait que rien de ce qu'il pourra dire ne fera changer John d'avis.

David tourne le dos et s'éloigne.

"David", dit John.

David le regarde.
“Je suis désolé.
— Ouais, dit David, je sais.” Et il regagne l’arrière.

27

Incapable de marcher, Kat rampe vers son appartement. Elle ne doit pas être à plus de trois mètres, mais même cette courte distance semble infranchissable. Elle a froid et elle n'a plus de forces. Elle a tant saigné. Son sang s'est répandu dans toute la cour. Elle peut à peine bouger – mais elle bouge quand même. Une main devant l'autre, un genou écorché devant l'autre.

Fastoche, se dit-elle. Déplace ton bras de quinze centimètres, appuie-le contre le béton et tire ton corps en avant. C'est comme remplir un verre. Comme changer une roue. C'est une tâche simple, très simple.

Elle rampe à travers la pénombre du petit matin en essayant de ne pas s'évanouir, en répétant sans cesse à cette part d'elle-même qui veut abandonner, qui veut s'avouer vaincue, de se taire, de la fermer.

Elle parle de plus en plus fort, cette part d'elle-même.

Laisse l'obscurité te gagner, dit-elle. Ce sera plus facile. Ce sera plus facile, et après, quand tu te réveilleras, tu t'apercevras que tout ça n'était qu'un mauvais rêve.

Mais Kat sait que si elle abandonne maintenant, si elle laisse l'obscurité la pénétrer, elle ne se réveillera pas. Elle n'ouvrira plus jamais les yeux. Elle souhaiterait qu'il en soit autrement, mais c'est la vérité, et elle le sait.

Elle sent que des gens l'observent encore. Elle ne peut pas les voir – sa tête est baissée et elle n'a pas la force de regarder quoi que ce soit, sauf les graviers incrustés dans le béton sur lequel elle rampe, de minuscules graviers tout lisses qui ont l'air d'avoir été polis dans le lit d'une rivière –, mais elle les sent, ces yeux, ces gens qui l'observent. Ils ne font pas de bruit. Mais ils sont là, et ils ne lui portent pas secours.

En se tirant, elle avance d'encore quinze centimètres. Hors de question qu'elle meure ici, dehors. Hors de question qu'elle se laisse mourir dans cette cour.

Plaçant un bras devant l'autre, faisant glisser son corps sur le béton froid qu'elle réchauffe au fur et à mesure, alors que son corps est lui-même refroidi par la nuit, elle se tire en avant, les bras désormais à vif, et réussit à se rapprocher de son appartement d'environ un mètre cinquante. C'est une tâche tellement épuisante, tellement douloureuse, un tel travail de Sisyphe que, bien qu'elle ait parcouru la moitié de la distance qui la séparait de la porte d'entrée, franchir ce dernier mètre cinquante semble plus dur que le double quand elle a commencé.

Elle est tellement fatiguée. Elle a tellement froid. Elle a tellement mal.

Mais elle arrive à voir les clés maintenant. Elle les voit qui pendent de la poignée. De la poignée sur la porte fermée – fermée.

Comment parviendra-t-elle à atteindre la poignée ?

Les clés doivent pendre à plus d'un mètre du sol – ce ne serait guère plus difficile si elles se trouvaient à trois mètres ou à six mètres de haut.

Pourquoi a-t-il fallu que le vent ferme la porte ?

Pourquoi Dieu la déteste-t-Il ?

Que Lui a-t-elle fait ?

Qu'a-t-elle fait pour mériter ça ?

Qu'Il aille se faire foutre.

Qu'Il aille se faire foutre, pourquoi est-ce qu'Il la déteste ?

Arrête. Arrête. Tu ne peux pas craquer à nouveau ; ça te coûte beaucoup trop ; ça prend trop de forces. Tu as besoin de toutes les forces qui te restent. Tu as besoin de toutes les forces qui te restent, alors arrête, arrête maintenant, OK ? Tu pourras craquer plus tard. Une fois que tu seras en sécurité. Tu te glisseras dans un bon bain chaud, à ce moment-là tu pourras te laisser aller. Mais pas maintenant. Maintenant tu dois atteindre cette porte. Tu peux y arriver. Ne te soucie pas de savoir comment tu vas tourner la poignée, pas encore, ne te demande pas comment tu vas pousser la porte. Contente-toi d'abord d'atteindre la porte, Kat. Tu peux y arriver. Tu es forte et tu peux le faire.

Fastoche, se dit-elle.

Fastoche.

Comme remplir un verre. Comme changer un pneu.

Elle se concentre sur les clés. Ne pas les lâcher des yeux. Elle se concentre sur les clés et elle tend un bras à vif, à la peau qui pendouille, et elle tire son corps en avant et gagne encore quinze centimètres. Quinze centimètres plus près de la porte, se dit-elle. Ça fait qu'il reste un mètre trente-cinq à parcourir. Je refais cet effort encore neuf fois et j'y suis. Et elle le refait. Plus que huit fois.

Huit.

Un objectif réalisable.

Comme remplir un verre.

Soudain, venant de la rue, elle entend un bruit qui la fait paniquer.

Elle entend le bruit d'un véhicule qui se range contre le trottoir et s'arrête. Elle voudrait croire que c'est du secours. Elle voudrait croire que c'est quelqu'un qui la verra et s'exclamera : Oh mon Dieu, ma pauvre, ma pauvre petite, qu'est-ce qu'il vous est arrivé, laissez-moi vous aider… Mais ce n'est pas ça.

Elle reconnaît le cliquetis de ferraille branlante du moteur. Elle l'a déjà entendu auparavant. Elle l'a entendu immédiatement après que l'homme qui l'a attaqué s'est enfui, quand il a disparu dans la rue. C'est sa voiture, et il est revenu. Ça ne peut être que ça.

Ses phares illuminent les chênes devant l'immeuble.

Ne panique pas, se dit-elle.

Elle tend un bras et tire son corps en avant encore une fois.

Sept.

Les phares s'éteignent.

Elle tend l'autre bras.

Le moteur se tait.

Six.

Une portière s'ouvre en grinçant, elle entend des pieds se poser sur l'asphalte.

Cinq.

Ne panique pas.

La portière se referme et elle entend des pas approcher.

Quatre. Ne panique pas.

Quatre.

28

Frank observe dans son rétroviseur latéral la paire de jambes qui descendent du véhicule de patrouille, contournent la portière et se dirigent vers lui. Le flic l'a suivi pendant seulement quelques centaines de mètres avant d'enclencher son gyrophare et de lui faire signe de se ranger. Puis il est resté assis derrière son volant. Ils sont restés plusieurs minutes au bord de la route avant que le flic ne se décide à descendre de sa voiture de patrouille. Frank devenait de plus en plus nerveux à chaque seconde qui s'écoulait, mais maintenant le flic s'approche de lui, marchant en tenant à hauteur d'épaule une lampe torche puissante.

Frank se tient droit, le dos raide, les mains sur le volant. Ce type va lui créer des ennuis, c'est évident, et il ne veut pas qu'il puisse raconter que Frank tendait la main vers quelque chose, qu'il pensait que Frank avait peut-être un flingue, voilà pourquoi Frank est mort. Il sait que ça n'a pas beaucoup de sens, d'importance – si le flic veut le buter ou lui faire subir quoi que ce soit, il le fera et il racontera ensuite ce qui lui chante –, mais Frank, lui, ne prendra aucun risque.

Un torse est maintenant encadré derrière la vitre de Frank. La lampe torche brille si fort que, quand

Frank essaie de regarder la tête du flic debout à côté de sa Skylark, il n'arrive à voir qu'une explosion de lumière aveuglante. C'est comme regarder quelqu'un qui a le soleil juste derrière lui.

"Bonjour, dit le flic.

— Bonjour, monsieur l'agent. Y a un problème ?

— Vous savez pas pourquoi je vous ai demandé de vous arrêter ?

— Je devrais, monsieur l'agent ?

— Vous faites le malin avec moi ?

— Non, monsieur l'agent. Je sais pas pourquoi vous m'avez demandé de m'arrêter, c'est tout.

— Alors c'est ça que vous auriez dû commencer par dire. Les questions, c'est moi qui les pose.

— D'accord, monsieur l'agent.

— Donnez-moi vos clés.

— C'est pas une question, monsieur l'agent. Je veux pas vous manquer de respect, mais je vois pas pourquoi vous auriez besoin de mes clés.

— Vous avez pas besoin de le savoir.

— Ah bon, monsieur l'agent ?

— Quelqu'un qui correspond à votre description a été aperçu en train de s'enfuir du lieu d'un cambriolage, dit le flic. Je vais vérifier votre coffre.

— Qui correspond à ma description ?

— Vous êtes noir, non ?

— Oui, monsieur l'agent.

— Alors il correspond à votre description."

Frank ne bouge pas.

"S'il y a rien dans votre coffre, vous avez aucun souci à vous faire. Je vous rendrai vos clés et vous serez libre comme l'air, libre d'aller là où les gens de votre race vont à cinq heures du mat'." Le flic braque le rayon lumineux droit dans les yeux de Frank. "Y a quelque chose dans votre coffre ?

— Non, monsieur l'agent."

Mais Frank ne bouge toujours pas.

"Donnez-moi vos putains de clés avant que je perde mon calme."

Frank retire lentement la clé du contact et tend le trousseau au flic. Le flic l'arrache brutalement de la main de Frank.

"Bougez pas, dit le flic. Restez assis bien gentiment."

Le flic sourit, tapote le toit de la Skylark, tourne le dos et s'éloigne. Frank le regarde s'approcher du coffre. Mais une fois le coffre relevé, Frank ne peut plus voir ni le flic, ni la voiture de patrouille.

Il n'aime pas ça. Quelque chose cloche. Il ouvre sa boîte à gants, cherche à tout hasard un vieux paquet de Chesterfield. Rien. Frank a arrêté de fumer il y a deux ans – quasiment arrêté. Désormais, il ne fume que dans des moments de ce genre. Il y a eu beaucoup de moments de ce genre, ce soir.

Il entend un bruit qui semble venir de la voiture du flic, un grincement, peut-être une portière qu'on ouvre. Il entend un grognement. Il voudrait sortir de sa voiture pour voir ce qui se passe, mais il n'a pas envie de se faire tirer dessus. Il a l'impression d'être prisonnier dans sa voiture.

Dans l'armée, il avait souvent affaire à des officiers qui se comportaient de la même manière que ce flic. Des lieutenants, des sous-lieutenants, tout juste sortis de l'académie et à qui on avait fait cadeau de leur grade. Ils n'avaient aucune expérience, et ils ne se sentaient plus de l'autorité dont ils jouissaient soudain. C'étaient toujours eux qui vous emmerdaient parce que vous portiez des pattes un peu trop longues. Que vous n'étiez pas rasé de près. Que vous n'aviez pas salué assez vite ou d'un geste assez sec. Que votre tenue de combat n'était pas en parfait état, bien repassée et prête pour le champ de bataille. Vos bottes doivent briller si vous allez passer un enfoiré à la baïonnette, soldat – je veux voir mon reflet dedans ! Ils pensaient être les foutus maîtres du monde simplement parce qu'on leur avait donné l'autorité sans qu'ils aient à la mériter, sans qu'ils aient à gagner le respect qui devrait aller de pair. Ils pensaient que le respect venait avec l'insigne de lieutenant qu'ils avaient acheté à l'économat. Les soldats les détestaient – les simples soldats et les officiers que Frank côtoyait, en tout cas –, et ce flic était du même acabit. On donne un uniforme à certaines personnes, et ils croient qu'ils n'ont de comptes à rendre à personne. Ou alors, ils savent qu'ils ont des comptes à rendre à quelqu'un et ils détestent tellement ça que le reste de la planète ferait bien de se tenir à carreau, bordel de merde, parce que le reste de la planète doit leur rendre des comptes à *eux*.

Frank entend un bruit sourd, sa voiture grogne, ses amortisseurs arrière couinent.

Qu'est-ce qui se passe là-bas derrière ?

Pourquoi est-ce qu'il faut autant de temps à ce flic pour ne rien trouver ?

Frank ferme les yeux.

S'il survit à ça, il se remettra peut-être à fumer pour de bon.

Il entend le bruit d'un objet en métal tombant sur le bitume, on dirait, puis un "Merde !" murmuré, puis quelque chose qui racle – peut-être l'objet en métal qu'on ramasse.

Il regarde dans son rétroviseur latéral, mais ne voit qu'une rue déserte. Il regarde ensuite dans le rétro côté passager, mais trop tard : il aperçoit l'ombre bleue du flic au moment où celui-ci disparaît derrière la Skylark, caché par le coffre ouvert.

Il entend une espèce de fracas, puis c'est le silence.

“Monsieur, dit le flic quelques instants plus tard. Monsieur, vous pourriez descendre de votre véhicule, s’il vous plaît ?”

Pour être honnête, il préférerait ne pas descendre. Mais il ouvre quand même la portière, pivote, sort de la voiture et referme la portière derrière lui. Il ne peut pas voir le flic, toujours caché par le coffre relevé, mais il pense que le flic le regarde – non, il sait que le flic le regarde.

Il n’aime pas ça du tout.

Il expire, inspire, avance vers le coffre de la voiture.

Quelque chose de pas bon du tout est sur le point de se produire, et même s’il ne sait pas quoi, il sait que ça ne sera pas réjouissant. Pas réjouissant pour lui, en tout cas. Il essaie de se préparer à ce qui va arriver, mais c’est difficile, de se préparer, quand on ne sait pas comment ça va vous tomber dessus.

Frank approche de l’arrière de la voiture et, dès qu’il tourne à l’angle du coffre, le flic l’attrape par la nuque avec une main vêtue d’un gant en caoutchouc – en caoutchouc ? – et le pousse vers le coffre, braquant sa lampe torche à l’intérieur de l’autre main.

“C’est quoi ça, putain ? demande le flic en postillonnant partout.

— Je sais pas ce que…” Frank s’interrompt. Parce qu’il sait. Il sait bien, trop bien. Et il sait aussi qu’il n’y a rien qu’il puisse dire ou faire pour éviter que les choses ne prennent rapidement une sale tournure. “C’est la télévision que vous venez de mettre dans mon coffre, monsieur l’agent.”

Le flic enfonce violemment la lampe torche dans le ventre de Frank, qui se plie en deux. Il sent l’air s’échapper de son corps, s’entend pousser un grognement.

“Putain, dit-il en suffoquant.

— Petit malin de négro, dit le flic. Un homme a été tué dans sa propre maison à moins d'un kilomètre d'ici. Tué avec un démonte-pneu. Matraqué à mort. J'ai bien l'impression qu'il y a du sang sur ce démonte-pneu. C'est le tien ?

— Comment vous savez qu'il a été tué avec un démonte-pneu ?”

Frank se prend un autre coup dans le ventre.

“Réponds à la question. C'est le tien ?

— S'il a du sang dessus, non, dit-il en hoquetant.

— Bah voyons, c'est foutrement commode.

— C'est la vérité.

— Il est dans ton coffre.

— C'est pas le mien.

— Prends-le et regarde-le de plus près, puis dis-moi s'il est pas à toi.”

Frank parvient tout juste à reprendre son souffle. Il se redresse, s'efforce de respirer régulièrement… Il regarde le flic, déglutit.

“Prends-le et regarde-le de plus près, répète le flic.

— Pas question, dit Frank. Je le toucherai pas, monsieur l'agent.

— Prends ce putain de démonte-pneu”, dit le flic, toujours plus de salive s'échappant de sa bouche, dont un jet qui éclabousse le cou de Frank. Frank ne fait pas de geste pour s'essuyer.

“Non, monsieur l'agent.

— Tu te crois malin ? Prends ce démonte-pneu ou je te bute.

— Si vous me tuez, je serai mort et vous aurez personne pour porter le chapeau dans votre affaire, monsieur l'agent. Et on dirait bien une affaire de meurtre.

— Tu crois que t'es plus malin que moi ?

— Non, monsieur l'agent.

— T'es pas plus malin que moi. Faire porter le chapeau à un mort, ça me pose aucun problème. Cela dit, j'ai même pas besoin que tu sois mort. J'ai pas besoin que tu sois mort et j'en ai pas envie non plus. J'ai juste envie de t'apprendre à pas te montrer insolent envers tes supérieurs." Il hoche la tête. "Ça, j'en ai envie. Petit malin de négro. Quand tu te réveilleras, t'auras droit à une sacrée leçon."

Sur ce, le flic assomme Frank avec la lampe torche, la brisant sur son crâne. Des morceaux de plastique volent dans plusieurs directions. Les piles tombent et filent comme des cafards lorsqu'on allume la lumière dans la cuisine.

Mais Frank ne tombe pas.

Il est hébété, malgré tout, et essaie de cligner des yeux pour se débarrasser de la sensation d'étourdissement, essaie de cligner des yeux pour que sa vision revienne, quand le flic sort sa matraque et la lui abat sur le front.

Cette fois-ci, Frank tombe pour de bon.

Il se sent chuter, sur les genoux.

Le sol se précipite vers lui.

Il voit une pièce de un *cent*, côté face, près de la roue arrière droite de sa voiture.

C'est signe de chance, pense-t-il.

Puis il s'étale par terre, à plat ventre, et ne pense plus à rien – pendant un bon moment, en tout cas.

29

Alan contemple le pauvre crétin étendu par terre devant lui. Le type est à plat ventre sur l'asphalte, du sang s'échappe de la coupure au milieu de la bosse qui lui gonfle le front.

Il imagine déjà l'histoire qu'il va raconter, expliquant pourquoi il a dû assommer le type. Pas besoin que ce soit compliqué. Il a chopé cet enfoiré la main dans le sac, le type a résisté, pour le maîtriser Alan a dû recourir à la force. A beaucoup de force. C'est tout. Ça sera bien assez. Ça l'a été par le passé. Qui croirait la parole d'un civil plutôt que celle d'un flic ? Personne. Même les civils ont davantage confiance dans les flics que dans les civils ; mettez le témoignage d'un flic face au témoignage d'un gars qui prétend n'avoir rien fait, je le jure, monsieur le juge, et vous avez une condamnation chaque fois – chaque putain de fois. Surtout si le gars est noir.

Alan glisse la matraque sous sa ceinture, se penche et retourne le type. Il est lourd, cet enfoiré. Alan a de la chance qu'il n'ait pas lutté. Il se dit que c'est un combat qu'il aurait pu perdre. Une fois le type sur le dos, Alan doit ressortir la télé du coffre. Il est vraiment fatigué de la trimballer, et bien content que ce soit presque fini. Les gens qui ont inventé la télé auraient pu la faire plus légère. Bon Dieu. Il la pose sur le torse du gars, la tenant en équilibre d'une main. De l'autre main, il saisit le bras droit du type et lui appuie les doigts sur un des côtés de la télévision. Voilà pour une première série d'empreintes. Il lâche ce bras, prend l'autre, appuie les doigts contre l'autre côté de la télé. Mieux vaut bien faire les choses.

Maintenant qu'il s'est occupé des empreintes, Alan remet la télé dans le coffre, sort le démonte-pneu. Il va devoir se frapper avec. Une fois sur le bras et une fois dans le cou. Histoire de ne prendre aucun risque. Ensuite il le laissera tomber à côté de cette enflure de négro sans connaissance et appellera du renfort : Le type a pris le démonte-pneu, vous voyez, il m'a frappé, il a fallu que je me batte et j'ai eu le dessus. Il a failli s'échapper, mais je l'ai eu.

Alan hoche la tête. Voilà comment ça s'est passé.

Qui sait, il aura peut-être droit à une médaille d'honneur de la police.

Au bord de la route, dans l'obscurité du petit matin, il serre le métal froid dans sa main droite gantée. Il regarde le sang gluant qui sèche sur la surface du démonte-pneu, respire profondément.

"OK."

Il abat le démonte-pneu vers son cou, mais rate la partie tendre qu'il visait. Le démonte-pneu lui cogne la mâchoire et l'oreille – avec un craquement audible quand le métal heurte l'os. La douleur se propage en vagues irrégulières dans tous les sens à partir du point d'impact.

Alan lâche le démonte-pneu.

"Putain de Dieu de merde", crie-t-il à travers ses dents serrées alors que le sang se met à couler de son oreille. Il frappe le bitume du pied – "Putain !" –, tournant en rond, décrivant un cercle de colère et de douleur, avant de se calmer. Il se touche l'oreille, regarde le sang au bout de ses doigts. Dans cette oreille, il n'entend rien à part un bourdonnement aigu, comme si un insecte était coincé à l'intérieur.

"Y a intérêt à ce que ce soit temporaire, connard !" gueule Alan avant de balancer un coup de pied dans les côtes de Frank. Ce dernier grogne, mais ne se réveille pas.

Alan ramasse le démonte-pneu et tend le bras gauche.

"OK. Essaie de pas te le casser."

Il se lèche les lèvres, repère l'endroit sur son bras où il compte frapper, avale.

Du sang chaud dégouline du lobe de son oreille et lui éclabousse l'épaule.

"OK."

Il frappe.

30

Kat tient à peine debout. Elle est appuyée contre le mur en pierre froid devant son appartement – cachée dans l'ombre de l'entrée –, sinon elle ne tiendrait pas debout. Sans le mur pour s'appuyer, elle ne tiendrait pas. Mais elle est debout, dans la pénombre, à seulement quelques centimètres de sa porte d'entrée. Elle ne sait absolument pas comment elle est parvenue jusqu'ici, mais elle y est.

L'homme qui l'a attaquée se tient à moins de cinq mètres. Le couteau de cuisine à la main, il se tient à moitié dans l'ombre et à moitié sous l'éclairage de la cour. Il tourne en rond, il la cherche.

"Je sais que tu es par là, dit-il, et je vais te trouver."

Kat l'observe. Il n'a pas encore regardé sous la galerie. Elle ne sait pas pourquoi – ça n'a pas de sens –, mais il ne l'a pas fait. Pas encore. Elle ne doute pas une seule seconde que ça viendra. Même s'il ne s'approche pas, du coin de l'œil il verra forcément Kat bouger à un moment ou à un autre. Elle ne peut pas rester là, appuyée contre le mur à l'extérieur de son appartement ; il faut qu'elle ouvre sa porte d'entrée sans se faire voir. Une fois qu'elle aura réussi ça, elle n'aura plus qu'à se laisser tomber à l'intérieur, qu'à donner un coup de pied dans la porte pour la refermer et, avec un peu de chance, il lui restera juste assez de forces pour se hisser jusqu'à la poignée et tourner le verrou. Et alors là, elle sera en sécurité.

Mais d'abord, il faut ouvrir la porte.

Fastoche, se dit-elle. Elle est déjà déverrouillée. Tout ce qu'il lui reste à faire, c'est tourner la poignée – sans faire tinter les clés – et pousser la porte. C'est tout.

Elle tend sa main gauche tremblante, écorchée, sanguinolente. Avec sa main droite, elle prend appui sur le mur derrière elle, priant pour ne pas tomber.

L'homme qui l'a agressée a momentanément disparu dans la cour ; elle l'entend jurer, marcher d'un pas lourd.

Elle peut y arriver. Il faut juste qu'elle réussisse avant qu'il revienne du côté qui donne sur la rue, c'est tout.

"T'es où, petite salope ?"

Elle peut y arriver.

Ses doigts touchent le métal glacé et rayé de la poignée, et elle retire immédiatement la main, surprise par cette sensation.

Ses nerfs sont à vif.

Vas-y, s'exhorte-t-elle. Avant qu'il se ramène. Je t'en prie, Kat, fais-le.

Elle tend encore une fois la main, serre la poignée avec sa main sanglante.

Elle entend les pas qui reviennent.

Elle regarde vers la cour. Il est en train de suivre la traînée de sang qu'elle a laissée en rampant jusqu'ici. Bêtement, elle pense à *Hänsel et Gretel*. Faut vraiment que son cerveau ne tourne pas rond. Bientôt il va lever les yeux et la voir. D'une seconde à l'autre.

Plus la peine de s'inquiéter du bruit qu'elle pourrait faire.

Elle tourne la poignée, faisant tinter les clés dessus, et pousse.

La porte s'ouvre ; emportée par son élan, Kat perd l'équilibre et tombe à plat ventre sur le sol de la galerie. Elle essaie de se précipiter dans l'appartement, mais elle est si faible qu'elle peut à peine ramper ; elle réussit quand même à passer la moitié du corps à l'intérieur – je suis chez moi, je suis en sécurité, pense-t-elle irrationnellement – avant qu'une main ne l'attrape par la jambe et ne la tire à nouveau dans la pénombre dehors.

"Non ! hurle-t-elle, et le son lui déchire la gorge comme une pierre coupante qu'elle vomirait. Non !"

D'une main, l'homme la traîne jusqu'à un parterre de fleurs devant l'immeuble, et de l'autre il abat le couteau. Elle se tord, cherchant à lui échapper, et la lame s'enfonce dans son mollet. Un autre coup de couteau suit, celui-là l'atteignant à la hanche gauche. Elle sent sous elle le sol humide du parterre de fleurs.

Le soleil n'est pas encore levé, mais il n'y a plus d'étoiles dans le ciel.

Des nuages gris s'amoncellent au-dessus d'elle, l'empêchant de voir au-delà de l'atmosphère terrestre.

Quelque chose se glisse dans son ventre.

31

David n'a plus dit un mot ; il s'est contenté de rester assis à l'arrière de l'ambulance, à réfléchir.

Il pense à un jeune garçon aux cheveux bruns et aux yeux clairs – un garçon petit et pâle –, un garçon qui aime s'asseoir dans la baignoire, même quand ce n'est pas l'heure du bain, et jouer avec ses petites voitures, imaginant que le rebord de la baignoire est un circuit, imitant le bruit d'une voiture qui change de vitesse, mais la voiture va trop vite, oh non ! elle est en danger, elle va déraper, le conducteur perd le contrôle et la voiture quitte la route – située au bord d'une falaise de plus de trente mètres ! – et s'écrase sur le tapis de bain au-dessous, le moteur explosant tandis que le conducteur crie : "Oh non ! Mes cheveux ont pris feu !" David pense à un jeune garçon qui essaie de raconter à son père ce qui lui est arrivé à l'école, mais dont le père le traite de menteur, lui dit de ne pas raconter de bobards, lui dit qu'il est puni toute une semaine pour avoir inventé ces choses-là, lui dit qu'il est malade d'avoir ne serait-ce qu'imaginé des choses pareilles. David pense à un jeune garçon couché au lit, terrifié à l'idée d'aller à l'école. A un jeune garçon dans la salle de bains, devant le lavabo, qui se frotte l'œil gauche avec du savon pour déclencher une conjonctivite, au moins s'en donner l'apparence, parce que la conjonctivite aiguë c'est contagieux et on ne vous oblige pas à aller à l'école quand vous l'avez, et quand il a terminé de frotter son œil est rouge, si rouge qu'on dirait qu'il ne sera plus jamais blanc, et pendant trois jours il peut rester chez lui avec maman à écouter la radio et à manger des sandwichs au pain grillé avec de la saucisse froide dedans, sans la croûte. David pense à un jeune garçon qu'on punit pendant un mois quand on le surprend en train de se frotter l'œil avec du savon, essayant de se donner une quatrième conjonctivite contagieuse de suite. Un jeune garçon qui remplit une valise et s'enfuit de chez lui, mais en réalité ne va pas plus loin que le garage, se glisse dans le grenier au-dessus et dort là-haut quatre nuits de suite, retournant dans la maison seulement quand ses parents sont absents, afin de récupérer des boîtes de conserve et d'aller aux toilettes. Un jeune garçon qui, en quatre jours, accumule dans le grenier du garage une sacrée collection de bocaux en verre remplis de pisse. Un jeune garçon qui s'occupe uniquement en lisant *La Princesse de Mars** à la faible lumière de l'unique fenêtre du grenier, tandis que sa maman pleure son fils introuvable. Un jeune garçon qu'on attrape en train de chaparder de la nourriture dans le réfrigérateur General Electric Monitor Top, parce qu'un jour son père a fait semblant de partir, mais s'est en fait caché juste à l'extérieur de la cuisine pour épier à travers la fenêtre. Un jeune garçon dont la peau zébrée à coups de cuir à rasoir est à nouveau martyrisée quand son père découvre les pots

* Roman populaire mêlant aventure, science-fiction, histoire d'amour, publié en 1917 par Edgar Rice Burroughs, le créateur de Tarzan.

de pisse dans le grenier et lui dit qu'il n'est pas bien dans sa tête, qu'il est malade de raconter des bobards sur ses profs et de conserver son urine dans des bocaux en verre. Voilà ce à quoi David repense alors qu'ils font route vers l'hôpital et que le monstre dont il a souhaité la mort pendant vingt-six ans est attaché sur un brancard à quelques centimètres de lui, immobilisé avec un morceau de verre brisé qui dépasse de son front comme une étagère.

L'ambulance s'arrête devant l'hôpital.

Les sirènes cessent de hurler ; les gyrophares arrêtent de scintiller.

Il se tourne vers M. Vacanti, qui le regarde avec des yeux où se lit une certaine douceur. Ça surprend David de voir que l'homme a des yeux doux. Ça le surprend, même à trente-sept ans, de se rendre compte que des monstres peuvent avoir des yeux doux. Un monde où les monstres ont le droit d'avoir des yeux doux est un monde où quelque chose cloche terriblement.

"Tu as pris la bonne décision, Davey, dit M. Vacanti. Ce que j'ai fait était... impardonnable. Je le sais. Mais tu as pris la bonne décision."

David serre la mâchoire et détourne le regard. Il ravale des mots. Il débloque les portières fermées à l'arrière de l'ambulance, pousse.

Il est surpris de constater qu'il fait encore nuit dehors. Il a l'impression d'être resté des heures dans l'ambulance – voire des jours, des semaines –, en compagnie de ce monstre et de ses yeux doux.

John vient l'aider à sortir M. Vacanti de l'ambulance, puis ils l'emmènent à l'intérieur de l'hôpital.

32

Diane est assise sur le lit à côté d'une valise dont la mâchoire en cuir est grande ouverte et dont la gueule est remplie de ses vêtements, ses bijoux, ses souvenirs.

Elle tient dans les mains une photo encadrée, une photo de mariage vieille de dix-neuf ans. Sur le cliché, Larry et elle sont jeunes et minces. Larry a tous ses cheveux. Sa peau n'a commencé ni à s'affaisser ni à se rider. Ils ont tous les deux les yeux qui brillent ; les yeux qui brillent avec cette foi juvénile que l'amour peut vraiment tout conquérir et même – ce qui est pire pour Diane, dix-neuf ans plus tard – qu'il a déjà tout conquis. Leurs yeux brillent avec la foi qu'ils sont désormais en sécurité. Ils sont ensemble, mariés, et le monde ne les atteindra jamais. Il atteindra peut-être d'autres gens, mais eux ne sont pas ces "autres gens". Ils sont Larry et Diane.

Ils sont en sécurité.

On frappe contre la porte verrouillée de la chambre.

Diane lève les yeux de la photo : "Je te l'ai dit, je ne veux pas te parler et je ne peux pas supporter de te regarder.

— Je t'en prie, Diane, dit Larry d'une voix étouffée, laisse-moi entrer."

La poignée remue, on pousse vainement le battant de l'extérieur, la porte tient bon.

Diane regarde à nouveau la photo et se demande comment ils ont pu être aussi naïfs, l'un comme l'autre.

"Je ne te laisserai pas me persuader de rester, dit-elle à la porte fermée.

— Je ne veux pas te persuader de quoi que ce soit. Je veux juste parler avec toi.

— Tu veux pas que je reste ?

— Bien sûr que si je veux que tu restes. Mais j'ai pas l'intention de chercher à te persuader de quoi que ce soit." Silence, puis, très bas, un "Putain !" qui, bien sûr, n'est pas destiné à Diane. Et enfin : "Je t'en prie. Ouvre la porte."

Diane repose la photo, la regarde encore une minute, puis la rabat, plaquant leurs visages souriants contre le bois de la table de nuit. Elle ne veut plus voir leurs gueules pleines de cette foutue innocence.

"Diane ?

— Quoi ?

— Je t'en prie."

Qu'il aille au diable.

Elle se lève et s'approche de la porte. Elle la contemple un moment, puis tourne le verrou et ouvre.

Larry se tient sur le seuil, un homme abattu. Il a les yeux rouges. Ce qui reste de ses cheveux ressemble à un nid d'oiseau. Il est torse nu, son ventre mou dépasse au-dessus de sa ceinture, pâle et vulnérable. Il y a du désespoir dans ses yeux, dans sa façon de se tenir.

A la vieille époque, Diane n'aurait pas pu demeurer en colère contre ce Larry brisé. Le voir comme ça lui aurait fait fondre le cœur. Voir son Larry grand et fort avec la mine d'un garçon qui a perdu son chien – ça l'aurait touchée.

Mais ce n'est plus la vieille époque.

"Je te demande pardon, dit-il.

— Ça ne suffit pas."

Larry hoche la tête.

"Je sais bien. Je sais bien que non. Je sais que rien ne peut suffire. Mais je t'aime et je veux pas te perdre. Surtout pas.

— Tu me perds pas, dit-elle. Tu m'as jetée à la poubelle.

— Non.

— Comment tu appelles ça ? Comment tu appelles ce que tu as fait ? Tu avais donné ta promesse, la promesse la plus importante qu'un homme puisse donner à une femme, et tu l'as brisée. Tu l'as jetée aux oubliettes. Qu'est-ce que ça révèle sur tes sentiments pour moi ?

— Rien, dit-il. Ça ne révèle rien sur mes sentiments pour toi, bon sang.

— Je crois que si, au contraire.

— Ça révèle que je suis un idiot. Ça révèle que je n'apprécie pas ce que j'ai avant d'être sur le point de le perdre. Ça révèle que je suis un sale type, un enfoiré, un minable. De la merde. Mais ça ne révèle rien sur mes sentiments à ton égard, Diane. Je t'aime. Je ne cesserai jamais de t'aimer. Si tu ne peux pas me pardonner et que tu dois partir, je comprends. Ça me brise le cœur, mais je comprends. Mais ne pars pas parce que tu crois que l'erreur que j'ai commise signifie que je ne t'aime pas. Je veux continuer à me réveiller à tes côtés pour le restant de mes jours, pour le restant de nos jours. Je veux que tu le saches. J'étais assis dans le salon, à essayer de réfléchir à la bonne façon de te le dire, mais voilà. Je sais pas comment dire les choses autrement. Je t'aime et je veux que nous restions ensemble plus que j'ai jamais voulu quoi que ce soit d'autre.

Alors si tu dois me quitter, ne me quitte pas parce que tu penses que je ne t'aime pas, ou que j'ai jeté à la poubelle ce que nous avons. Si tu peux pas me pardonner, alors tu peux pas. Mais j'espère que tu pourras. C'est ce que je veux. Ce que je te demande. Je t'en prie, Diane, pardonne-moi. Je t'en prie – pardonne-moi et laisse-moi réparer les choses."

Pendant un long moment, Diane demeure silencieuse. Elle ne bouge pas, observe Larry qui la regarde avec ses yeux rougis, emplis de souffrance. Elle pense aux jours heureux quand ils se sont rencontrés, et aux années heureuses qui suivirent – mais elle pense également à toutes les années de tristesse, aux enfants qu'ils n'ont pas pu avoir, aux fausses couches, à la façon dont ça lui a brisé le cœur, à la façon dont Larry rejette la responsabilité sur elle, comme si elle l'avait fait exprès ; elle pense à tous ces moments où, assis dans la même pièce, ils semblent à des kilomètres l'un de l'autre, séparés par un gouffre de silence.

"Diane ?"

Diane secoue la tête.

"Je suis désolée, dit-elle. Je crois pas que je peux."

33

Harriette est fatiguée – plus fatiguée qu'elle ne l'a jamais été.

"Patrick."

Elle ne le dit pas fort, mais Patrick est un bon garçon, très attentif, au bout de quelques secondes il pousse la porte et se poste devant son lit, l'observant avec un regard inquiet.

"Qu'est-ce qu'il y a, m'man ?

— Comment se fait-il, se demande Harriette à voix haute, que toi tu peux encore m'appeler m'man, mais que moi je ne peux plus t'appeler Pat ?"

Patrick sourit.

"Ce n'est pas la même chose, dit-il. Est-ce que ça va ?"

C'était dur, cette vie, ces huit dernières années à l'élever toute seule, mais en le regardant maintenant elle se dit qu'elle s'est bien débrouillée.

"Bien sûr que non, chéri. Je suis mourante."

Patrick ne dit rien.

"Je suis mourante, répète Harriette.

— Il y a quelque chose que je peux faire ?"

Elle lui montre le flacon orange qu'elle tient dans la main.

"Je ne suis pas arrivée à l'ouvrir.

— C'est pas l'heure de prendre tes pilules."

Harriette hoche la tête :

"Je crois que si, Patrick."

Elle voit son fils pâlir au moment où il comprend ce qu'elle lui dit, puis secouer la tête.

"Ton bras, dit-il en faisant un geste vers la machine dans le coin de la pièce, il ne te... tu n'avais pas mal, en fait, n'est-ce pas ?

— C'est terminé pour moi.

— Non.

— Pourquoi non ? Je suis fatiguée, Patrick. Je suis fatiguée, clouée au lit, et je ne peux plus voir le soleil qu'à travers une vitre sale."

Elle secoue la tête.

Elle pense au sommeil, à une obscurité bienheureuse, le genre d'obscurité bienheureuse qu'elle connaissait avant sa naissance. Elle ne ressentait aucune douleur en ce temps-là. Elle ne ressentait rien. Un jour, elle a entendu quelqu'un décrire la vie comme une brève fenêtre de lumière entre deux vastes étendues de néant. Elle ne sait pas si c'est vrai – mais elle sait que sa propre lumière vacille, alors elle l'espère ; elle veut que sa lumière s'éteigne ; elle ne veut plus jamais se réveiller, nulle part.

"Je suis fatiguée", répète-t-elle.

Patrick s'approche d'elle et tend la main vers les pilules. Elle retire la main, mais il lui saisit le poignet et lui enlève le flacon de force.

"Si tu es fatiguée, dit-il, allonge-toi et dors.

— Je suis bien plus fatiguée que ça, répond Harriette. Tu es un jeune homme. Tu ne comprends pas encore ce que le monde fait aux gens.

— Je peux pas te laisser..." Il ferme les yeux, juste un moment, et à ce moment-là Harriette trouve que son fils est beau, comme le père de Patrick à l'époque où elle l'a rencontré. Patrick ressemble tellement à son père – sauf qu'il n'est pas habité de la même rage. Henry était un homme plein de colère. Elle craint que la vie ne finisse par insuffler cette rage à Patrick aussi ; elle pense que ça viendra, mais pour l'instant il en est dépourvu. Il rouvre les yeux. "Je peux pas te laisser faire ce que tu veux faire.

— Pourquoi ?

— Je resterai. Je ne me présenterai pas à cette visite médicale.

— De quel secours me seras-tu en prison ?

— Alors je me présenterai, mais je leur expliquerai que tu es malade, que tu es malade et que tu as besoin que je reste ici pour m'occuper de toi.

— Je veux que tu cesses de te servir de moi comme excuse, Patrick.

— Je vois pas ce que tu veux dire.

— Oh si. Tu es un garçon intelligent.

— Tu m'as demandé de prendre soin de toi.

— Peut-être que j'ai eu tort", dit Harriette. Et, en disant *peut-être*, elle a conscience d'être trop gentille avec elle-même. "Tu as dix-neuf ans et tu vis uniquement à travers la lunette de ton fichu télescope. Et je sais que tu veux plus que ça, Patrick. Je le sais. Mais je sais que tu as également peur de… quelque chose. J'ignore de quoi. Peut-être de la vie elle-même. Toujours est-il que tu as peur et que tu te sers de moi comme excuse. Alors arrête. Arrête de te servir de moi comme excuse."

Patrick regarde dans l'angle de la pièce. Ses yeux brillent d'émotion. Au bout d'un moment, il regarde à nouveau sa mère. "J'ai pas peur de la vie, dit-il. Tu te trompes là-dessus, maman. J'ai pas peur du monde.

— De quoi as-tu peur, alors ?

— J'ai peur de…" Il avale sa salive, et il faut qu'il baisse les yeux vers ses chaussettes pour dire ce qu'il doit dire. Elle comprend ça : parfois, il faut être seul pour admettre certaines choses – surtout pour les admettre à voix haute. “J’ai peur de devenir comme lui.

— Comme ton père ?”

Patrick hoche la tête.

“Ton père n’était pas un bon papa, dit Harriette. Ni un bon mari. Mais ce n’était pas un méchant homme.

— Il... m’a fait souffrir”, dit Patrick. Il détourne le regard, cligne des yeux, et le cœur de Harriette se brise en voyant cette douleur en lui. Puis il la réprime. Il avale sa salive et la douleur disparaît, remplacée par une froideur et par quelque chose d’autre.

C’est là qu’elle en est sûre – quand il lui adresse ce regard froid : elle est convaincue que le monde insufflera à Patrick la même rage que celle que son père portait en lui, qu’il ne se laissera pas souffrir, et qu’alors la douleur deviendra amère, et se transformera en quelque chose de pire.

“Je prends tes pilules avec moi pour que tu ne fasses pas de bêtise, dit-il d’une voix dépourvue d’émotion. Dors.”

34

Peter et Bettie sont chacun assis à un bout du canapé. Peter lève bien haut le cul de son verre, vidant dans sa gorge ce qui reste de whisky, d'eau et de glace. Un glaçon à moitié fondu dégringole dans sa bouche – heurtant bruyamment ses molaires remplies de mercure –, qu'il recrache après avoir avalé le liquide. Il repose le verre sur la table basse, sur le dessous-de-verre. Il le regarde et pense à l'anneau de condensation dans la chambre. Il ne sait pas comment il peut penser à cette foutue trace d'humidité quand sa vie est sur le point de s'écrouler, mais c'est pourtant ce qu'il fait. Il faudrait qu'il mette de l'encaustique. Il faudrait aussi qu'il frotte le whisky sur la moquette.

Il porte la main à son visage, s'essuie les coins de la bouche avec l'index et le pouce, puis ôte sa main.

Il se lève, se rassoit, se relève.

"Il faut que j'aille parler à Anne."

Bettie hoche la tête.

"Tu devrais.

— J'y vais, je vais parler à Anne."

Il tourne les talons et s'éloigne de Bettie. Elle est belle – et sexy à la manière d'Elizabeth Taylor, trouve-t-il –, mais il n'arrive pas à croire qu'il a mis son mariage en danger pour ça, alors qu'il ne sait presque rien sur elle. Il ne sait pas ce qu'elle aime ou n'aime pas. Si elle dort tard et ne bouge pas avant midi le week-end, ou bien si elle se réveille avant le chant du coq et tient à être dehors quand le soleil point à l'horizon. Comment elle aime passer ses soirées. Quel genre de livres elle lit. Si elle lit des livres. Il n'arrive pas à croire qu'il a mis en péril son mariage pour une inconnue avec de jolis seins et des lèvres charnues. Quel imbécile.

Il saisit la poignée, la tourne, pénètre dans la chambre.

Quand il entre, Ron et Anne s'arrêtent, et pendant une seconde c'est comme s'ils étaient littéralement figés. Elle a le dos sur le lit, le cul au bord du matelas, et Ron est debout, les genoux légèrement fléchis, les chevilles d'Anne accrochées à ses épaules, et il est en elle. Si elle n'était pas si horriblement insupportable, cette scène serait comique, mais elle ne l'est pas – pas pour Peter, pas maintenant. Il est sur le point de perdre cette femme, son épouse, et il y a cet homme, l'homme qui est à l'origine de toute cette affaire, en ce qui concerne Peter, et qui est plus grand que lui, plus beau que lui, qui s'y connaît en bagnoles, qui semble plus confiant et plus serein que lui – malgré tous les efforts de Peter pour paraître serein, pour donner l'impression d'être maître de lui-même, pour projeter un air de confiance en soi –, eh bien cet homme, qui l'aurait probablement tabassé au lycée, cet enfoiré a sa queue dans la femme de Peter.

Ron s'écarte d'Anne et Anne se dresse sur son séant.

"Peter… dit-elle.

— Putain, je vais te tuer", crie Peter. De la salive vole de sa bouche, la colère lui brûle les joues, sa poitrine lui fait mal tellement son cœur tambourine.

Il a l'impression d'être au bord de l'explosion, d'être une bombe, et il se jette sur Ron, enfonçant son épaule dans le ventre nu de Ron, lui plaquant le dos contre le mur.

Peter frappe en y mettant toute sa force, sa colère et sa rage, écrasant son poing contre le menton de Ron. La tête de Ron est projetée vers la gauche, suivant l'élan imprimé par le coup de poing, mais elle n'est pas suffisamment emportée, et Peter sent son annulaire se casser au moment de l'impact – sent l'articulation craquer et rentrer dans sa main, se ratatinant comme une cannette de bière vide. La douleur lui remonte instantanément le long du bras, une décharge électrique dans le creux de ses os, mais elle a pour unique conséquence de l'enrager davantage. Tout comme le fait que Ron ne semble pas avoir autant souffert du coup de poing que Peter lui-même. Sa main lui fait mal, elle est en feu, alors que Ron, lui, en toute simplicité, se tourne à nouveau vers Peter et lui dit : "Peter, tu ne comprends..." Mais Peter ne le laisse pas terminer. Il décoche un nouveau coup, touchant cette fois le nez, et le nez est mou, il le sent se plier sous l'impact, sous son poing qui lui fait mal, puis il sent quelque chose dans le nez de Ron qui cède comme une brindille sèche – sauf que le bruit n'est pas vraiment sec – et il voit du sang jaillir du visage de Ron, couler dans sa bouche, dégouliner sur son torse nu et son ventre légèrement bedonnant. Le type a toujours son érection. Incroyable. Du revers de la main, Ron essuie le sang sur son visage et dit calmement – calmement, nom d'un chien ! – "Peter, je suis sur le point de perdre patience." Perdre patience ? Peter veut le voir tomber à terre, tomber à terre et implorer pitié. Peter veut être celui qui gagne – rien que cette fois-ci. Il donne tout ce qu'il a pour vaincre cet homme, qui ne le remarque même pas ; non, ce type est seulement sur le point de perdre patience. Ce type n'a même pas encore essayé de l'emporter, mais Peter sait déjà que c'est inévitable qu'il gagne. Parce qu'il a perdu, lui. Mais il tente un dernier coup de poing quand même – un tout dernier. Que Ron se contente d'attraper dans sa main ouverte, comme si c'était une balle de base-ball lancée gentiment, et de repousser loin de sa cible. Avec ça, la rage de Peter s'évanouit, remplacée par la conscience de sa défaite totale. Il a perdu. Il n'est pas un homme. S'il a jamais eu ne serait-ce que le potentiel de devenir un homme, ce soir, ce potentiel a disparu.

"Peter", dit Anne.

Mais il ne peut pas la regarder dans les yeux. Il n'est pas un homme, il ne mérite pas une femme – et Anne est une femme ; une belle femme – et il a détruit la chose qui les unissait, quoi que cette chose ait pu être.

"Je suis désolé, dit Ron.

— Pas moi, dit Anne. Tu t'en foutais avant que Bettie ne te rejette.

— Je suis désolé, répète Ron. Ça fait un bon moment qu'on ne s'amuse plus, et je n'aurais pas dû…

— Tu peux me laisser seul avec Anne ?"

Peter lève les yeux vers Ron, dont le sang dégouline sur la moquette, tachant la moquette – mais bon Dieu, on s'en fout de ta putain de moquette, Peter ! –, et Ron hoche la tête.

"OK.

— Merci", dit Peter.

Ron se dirige vers la porte tout en regardant en arrière, vers Peter et Anne, et il y a quelque chose comme de la pitié dans ses yeux à l'égard d'Anne. Ce fumier ! Peter sent à nouveau la colère comme une pierre bouillante dans le creux de son ventre, mais le type sort, refermant la porte doucement derrière lui.

Peter regarde sa femme, regarde dans ses yeux. Ils sont tout à la fois tristes, blessés et fâchés. Comment pourra-t-il jamais lui faire comprendre que tout cela n'était que pure bêtise de sa part et qu'il le sait – qu'il s'agissait principalement d'obtenir quelque chose appartenant à Ron, un homme qui représente tout ce que lui, Peter, pense ne pas être, et qu'un instant auparavant il ne savait même pas que c'est de ça dont il s'agissait ? Comment peut-il lui dire que tout vient du fait qu'il est faible et efféminé et qu'il a de petites mains et des poignets trop fins et que, pour une fois, il voulait juste prendre quelque chose à un de ces types qui lui ont pris sa dignité toute sa vie durant, avec leurs remarques narquoises, avec leur condescendance, avec leurs tentatives pour l'arnaquer quand il amène sa voiture chez le garagiste ou qu'il appelle le plombier, sachant qu'il ne s'y connaît pas suffisamment dans ces trucs-là pour se défendre ? Il veut lui dire à quel point il se sent petit dans ces situations-là. Quand des types exactement comme Ron prennent son tabouret au bar pendant qu'il s'absente pour aller pisser, écartant d'un geste sa bière, et qu'à son retour ils font comme s'il n'était même pas là ou qu'il les dérangeait lorsqu'il tend le bras pour récupérer sa bouteille. Quand des gars comme Larry de l'autre côté de la cour viennent chez lui – Peter avait invité Larry et sa femme parce qu'il a toujours voulu faire partie des types cool, bien qu'il ne se soit jamais senti cool ; il a toujours eu l'impression de se tenir juste à l'extérieur du groupe des types cool, tandis que Larry, lui, est cool à cent pour cent – et le grondent parce qu'il ne sait pas faire cuire un steak comme un homme. Comme un homme ? C'est ma cuisine, putain, et je ferai cuire ce steak de la façon qui me plaît, Larry, sale connard, et si je veux du vin blanc et de la compote de canneberges en accompagnement, eh bien c'est ce que je mangerai.

Il ne peut pas raconter ça à Anne, n'est-ce pas ? Parce que les hommes n'ont pas le droit de montrer de la faiblesse. Les hommes n'ont pas le droit de montrer de la confusion. Les hommes n'ont pas le droit de se sentir petits, seuls, pathétiques. Il ne peut pas lui dire tout ça, mais il faut quand même qu'il lui dise quelque chose. Quelque chose, peu importe quoi – tout sauf ça.

"Anne, dit-il.

— Peter."

Il s'humecte les lèvres.

"Anne."

35

Etendue sur le dos, Kat aperçoit les premières touches de lueur matinale, car le soleil, qui n'est pas encore sorti, commence à blanchir le ciel depuis l'autre côté de l'horizon, et sa lumière révèle à quel point les nuages au-dessus d'elle sont sombres et laids. Sombres et gris et laids et méchants.

Pour voir le ciel, elle doit regarder par-delà le visage transpirant et cruel qui se tient à quelques centimètres du sien, grimaçant, les yeux injectés de sang, froids, désespérés. Le corps de Kat est en train d'être lentement enfoncé dans la terre humide, elle sent le machin de l'homme en elle qui la déchire, et elle sait que maintenant elle doit aussi saigner là en dessous. Elle a simplement hâte que ça soit terminé. Elle a hâte que ça soit terminé et elle sent l'haleine brûlante de l'homme sur son visage – mélange de nourriture, de fluides digestifs et de dents cariées.

L'homme lui agrippe les épaules des deux mains, ses doigts se plantant dans sa chair. Elle croit pouvoir sentir un des doigts dans le trou où il l'a poignardée – entre sa clavicule et son épaule droite –, mais désormais elle a tellement mal partout, et en même temps elle est si glacée et si engourdie, qu'elle n'est pas sûre. Elle n'est sûre de rien, sauf des nuages gris qui s'assemblent dans le ciel et des yeux injectés de sang de l'homme sur elle.

Et des mains qui agrippent ses épaules.

Qui agrippent ses épaules, et pas le couteau.

Le couteau. Avec des traces de rouille ressemblant à des taches de rousseur.

Il doit se trouver quelque part.

Oublie où tu es, Kat, oublie où tu es, ferme les yeux et tâtonne pour trouver le couteau, le froid du métal.

Trouve le couteau.

Il doit être quelque part.

Kat ferme les yeux pour ne pas avoir à regarder le visage de l'homme. Elle ferme les yeux et tend les mains, partant à la recherche du couteau, priant Dieu pour le trouver – je Vous en prie, mon Dieu, j'ai essayé d'être gentille et je ne sais pas pourquoi Vous me punissez, mais j'ai essayé d'être une fille bien alors je Vous en prie, par pitié, par pitié laissez-moi seulement trouver ce couteau, je Vous en prie –, et elle palpe la terre noire, et elle sent une odeur d'engrais dans le sol, et sa main entre en contact avec quelque chose, mais ce n'est que la tige d'une fleur ; mais il y a quelque chose d'autre, il lui semble bien toucher autre chose, oui ! le bout du couteau lui pique le doigt – le bout du couteau, pas l'épine d'une rose ; elle en est sûre ; il n'y a pas de roses ici – et elle ressent une petite douleur, mais ce n'est rien et elle est contente parce que ça signifie qu'elle a trouvé le couteau. Elle l'a trouvé. Il est juste là. Elle essaie de le saisir, mais elle ne réussit qu'à le pousser plus loin. Maladroitement elle l'a repoussé, ou l'a fait pivoter légèrement hors de portée, et elle essaie d'étirer le bras pour le saisir, mais il n'y est plus. On dirait qu'il n'y est plus, mais c'est impossible. Il était là, juste là.

Où est-il passé ?

Où a-t-il bien pu aller ?

Il y a une seconde à peine, il était là.

"Oh mon Dieu, salope", lâche l'homme sur elle, et elle sent qu'il approche de l'orgasme, et elle a mal là en dessous. Il la déchire là en dessous.

Elle ouvre les yeux et le visage de l'homme n'est qu'à quelques centimètres du sien, la sueur perle sur sa peau et tombe goutte à goutte, tandis que ses yeux sont toujours injectés de sang, froids, désespérés.

Et maintenant elle aperçoit le couteau du coin de l'œil. L'homme s'en est saisi, l'a pris par terre ; il l'a pris et il le serre dans sa main. Elle le voit du coin de l'œil.

Elle sent l'homme jouir en elle, et elle a envie de vomir – ça la rend malade à l'intérieur ; ça lui donne l'impression que ses entrailles sont pourries ; il la fait pourrir à l'intérieur –, et si jamais elle s'en sort elle va se frotter à l'intérieur avec de l'eau de Javel, avec de l'eau chaude et de l'eau de Javel, jusqu'à ce qu'elle se sente à nouveau propre, si tant est que ce soit possible.

"Sale chienne", crache-t-il.

Il donne un dernier grand coup de reins, puis redresse le torse, s'écartant d'elle.

Il n'a pas fini de jouir qu'il plonge la lame dans la poitrine de Kat, elle entend un craquement – ça craque quand la lame traverse son sternum – et la douleur irradie vers l'extérieur, explose et se répand, sa poitrine est en feu, le feu se propage vers toutes les autres parties de son corps, et elle hurle mais son hurlement est silencieux. Elle ne peut même plus hurler à voix haute, mais le bruit emplit sa tête, sa tête pleine d'échos qui lui font mal.

Quand elle regarde vers le ciel, les nuages gris qui s'amoncellent, quand elle regarde vers le ciel et vers Dieu pour demander pourquoi, tout ce qu'elle voit ce sont les yeux injectés de sang du visage au-dessus d'elle. Les yeux de l'homme au couteau. Ils s'ouvrent en grand tandis qu'elle les regarde, ces yeux, et soudain voilà qu'ils ne sont plus froids ; ils sont écarquillés, effrayés et doux.

"Je suis… oh mon Dieu", dit l'homme.

Et après avoir dit ces mots, il s'écarte brusquement d'elle. Il saute sur ses pieds, se penche au-dessus d'elle pour la regarder avec des yeux emplis de terreur.

"Oh mon Dieu", répète-t-il.

Il s'essuie les yeux.

"Pardon", dit-il avant de tourner les talons et de s'enfuir en courant.

Elle entend ses pas lourds, le bruit de ses grosses bottes de chantier heurtant le béton. Puis elle entend une portière s'ouvrir en grinçant et se fermer en claquant. Elle entend le tintamarre branlant du moteur de sa voiture qui démarre. Du coin de l'œil, elle voit grandir la flaque de lumière que forment les phares contre les chênes devant l'entrée de la résidence. Elle entend la voiture s'éloigner, et la flaque de lumière disparaît.

Kat a l'impression d'être en train de se noyer.

Elle baisse le menton et voit le manche en bois du couteau de cuisine qui dépasse de sa poitrine : le manche palpite à chaque battement de son cœur, comme si le couteau lui-même avait un pouls.

Si Dieu tenait tant à ce qu'elle meure, Il aurait au moins pu faire que ça soit rapide – rapide et indolore. Il n'était pas obligé de lui infliger une séance de torture.

"Va te faire foutre, Dieu, lance-t-elle aux nuages gris qui s'amoncellent au-dessus d'elle. Va te faire foutre, je compte pas mourir."

36

Frank est assis sur la banquette arrière de la voiture de patrouille, les mains menottées derrière le dos – extrêmement serrées, de sorte que la circulation sanguine est coupée.

Ses doigts s'engourdissent. Du sang dégouline de la bosse en forme d'œuf sur son front. Il peut voir plusieurs flics en train de fouiller son coffre. Il y a maintenant trois autres véhicules de police garés sur le bord de la route, ainsi qu'une demi-douzaine de flics, dont la plupart ont l'air de n'avoir rien à faire et errent comme des chiots perdus.

Frank regarde Kees s'approcher de l'un d'entre eux et lui dire quelque chose, mais il ne peut pas entendre ses paroles et ça n'a probablement pas d'importance ; l'autre flic hoche la tête et Kees lui tourne le dos, regagne le véhicule où se trouve Frank, ouvre la portière du conducteur et se laisse choir sur le siège.

Au moment de refermer la portière, Kees lance un coup d'œil par-dessus son épaule, vers Frank, arborant un petit sourire narquois de sous-lieutenant sur son visage satisfait. Il y a du sang séché dans le creux de son oreille droite.

"Tu te crois toujours plus malin que moi ?

— Je crois que la plupart des plantes d'intérieur sont plus malignes que toi."

Le type agira comme il lui plaît ; il ne s'en prive pas ; alors, à ce stade-là, faire mine de le respecter ne sert plus à rien. Il compte piéger Frank que celui-ci lui donne du *monsieur l'agent* ou non – alors qu'il aille se faire foutre.

Le sourire s'efface.

"T'as toujours pas appris ta leçon, hein ?

— J'ai eu le temps d'apprendre beaucoup de leçons, fiston, dit Frank. Je suis pas jeune.

— Et moi je suis pas ton fiston."

Kees se tourne vers le volant, démarre la voiture, passe la vitesse. Puis il la remet au point mort, regarde à nouveau par-dessus son épaule.

"Si t'es si malin, qu'est-ce que tu fous à l'arrière de ma bagnole avec des menottes aux poignets ?

— J'ai pas prétendu être malin, le corrige Frank. J'ai dit que t'étais un idiot. Ce sont toujours ceux qui croient être invincibles qui morflent le plus ; ils sont pas sur leurs gardes quand un coup finit par leur être porté."

Kees grimace comme si quelqu'un venait de lui faire avaler un citron. Il passe la vitesse et engage la voiture dans la rue.

"Tu piges que dalle, dit Kees. Tu crois que si, mais tu te trompes." Il regarde Frank dans le rétroviseur et Frank le dévisage. "Je vais t'apprendre un peu de quelle façon le monde fonctionne, vieillard. Dans ce monde, soit tu es les dents, soit tu es la gorge dans laquelle elles se plantent, et y a pas d'entre-deux."

Frank se dit que Kees a peut-être en partie raison. Mais dans ce cas-là, il y a toujours quelqu'un qui a de plus grandes dents, n'est-ce pas ? Et c'est ça que ce flic n'a pas encore appris. Le phoque mange peut-être le petit poisson – mais le requin mange le phoque. Frank, lui, le sait. Il le sait parce qu'il a été mordu souvent au cours de sa vie. Et il vient de se faire mordre une fois de plus. Il espère juste que cette nouvelle morsure ne sera pas fatale ; il aimerait revoir sa femme sans que des barreaux se dressent entre eux.

La voiture de patrouille se range devant le poste de police et s'arrête. Kees descend, va à l'arrière, ouvre la portière et essaie de faire sortir Frank de force. Frank est un type costaud, cela dit, et la main de Kees tire vainement sur son T-shirt.

Frank lève les yeux vers lui, attendant.

“Descends de la voiture”, dit Kees.

Frank s'exécute, il descend, et Kees le pousse vers l'entrée du poste. En marchant, Frank lance un regard par-dessus son épaule et voit que le type a la même expression sur son visage qu'un pêcheur qui en aurait chopé un gros ; les mains de Frank se serrent dans son dos, formant des poings.

Kees pousse Frank à l'intérieur.

Il essaie de réfléchir à un moyen de se sortir de ce cauchemar. Le type a placé suffisamment d'éléments compromettants sur lui pour l'incriminer quoi qu'il dise pour se défendre. Il ne veut pas aller en prison. S'il avait dû finir enfermé pour éviter que ce soit Erin, il y serait allé volontiers. Ça ne lui aurait pas plu, mais il l'aurait fait – et volontiers. Mais on n'est plus dans ce cas de figure. Erin n'a tué personne. Elle a simplement renversé le jouet d'un enfant – une poussette avec une poupée à l'intérieur. C'est tout. Et ce n'est pas un crime. Il ne veut pas aller en prison, mais il ne voit pas comment se sortir de ce mauvais pas. Cependant il a déjà décidé qu'une fois qu'ils le mettront dans la salle d'interrogatoire, il se taira. Il a peut-être déjà trop parlé. Il ne parlera pas parce qu'il ne veut pas dire aux flics ce qu'il faisait dans le quartier. Peu importe qu'aucun bébé n'ait été renversé ou tué. Il ne veut pas leur dire quoi que ce soit. Il connaît les flics. Ils peuvent trouver le moyen de placer des déclarations innocentes dans un contexte qui les rend terriblement incriminantes – dans un contexte qui peut convaincre un jury de condamner un homme. *A fortiori* un homme de couleur. Frank ira peut-être en prison, mais hors de question qu'il aide ce fils de pute à l'y expédier.

Alors que Kees pousse Frank à travers le poste de police, un homme d'âge mûr portant un complet bon marché usé au niveau des coudes – un homme dont le visage semble tissé de rides, dont les lourds cheveux gris et plats ont l'air fragiles, en mauvaise santé, dont le nez est ravagé par les vaisseaux pétés et les points noirs – s'approche de Kees et l'attrape par le bras, pas en douceur.

"Allons faire un tour dans mon bureau, dit le type.

— Avec tout le respect que je vous dois, monsieur, dit Kees, d'un ton suggérant qu'il ne lui doit absolument aucun respect, je suis avec un suspect que j'accompagne en garde à vue."

Monsieur, remarque Frank, malgré le ton. Monsieur : quelqu'un de plus important que lui – quelqu'un avec de plus grandes dents.

"Je vous ai demandé ce que vous étiez en train de faire ? dit le gars en complet. Hein ? Parce que si je vous ai posé la question, je m'en souviens pas.

— Non, monsieur.

— Alors pourquoi vous me le dites ?

— C'est simplement que… monsieur…" Et maintenant la voix de Kees est empreinte d'hésitation. "… je pense que… notre conversation… peut attendre ?

— Ben je me fous complètement de ce que vous pensez, officier Kees. Ça n'a aucune importance. Ce qui compte, c'est ce que moi je pense. C'est une hiérarchie, vous voyez, et vous êtes en bas."

Kees se tait un moment. Puis : "Oui, monsieur." Puis : "Qu'est-ce que vous voulez que je fasse du suspect ?"

Le type en complet regarde Frank, le salue d'un hochement de tête.

Frank hoche la tête lui aussi.

"M. Riva peut nous accompagner dans mon bureau", dit le type en complet.

Et là le visage de Kees pâlit, prend une teinte verte.

Apparemment ce n'est pas la procédure normale, pense Frank.

"Monsieur ? fait Kees.

— Allez, on se dépêche."

*

Frank est escorté dans une toute petite pièce, à vue d'œil trois mètres cinquante par trois mètres, qui sent le plâtre humide, la moisissure et la sueur imbibée de whisky. La plaque en noyer et cuivre sur le bureau lui indique que le type en complet a un nom, et que c'est Capitaine Busey. Plutôt pratique que sa mère l'ait prénommé Capitaine, songe Frank.

Il y a déjà quelqu'un dans la pièce, un homme assis face au bureau, tournant le dos à la porte. Un bandage blanc lui entoure le crâne. Du sang rouge a suinté à travers, devenant bordeaux en séchant.

Busey glisse la main dans sa poche, en sort un gros trousseau de clés et défait les menottes de Frank.

"Monsieur ? s'étonne Kees.

— La ferme." Busey regarde Frank. "Asseyez-vous, monsieur Riva."

Frank hoche la tête.

"Merci, monsieur."

Il va s'asseoir sur une chaise à gauche de l'homme au crâne bandé. Le type le regarde du coin de l'œil et le salue d'un léger hochement de tête. Frank hoche la tête, tout en se faisant la remarque que ce pauvre vieux a l'air de s'être pris une raclée encore pire que la sienne. Le bandage recouvre tout son crâne et la moitié gauche du bas de son visage n'est qu'une énorme contusion violette, ouverte, laissant échapper un liquide clair et épais qui a à peu près la consistance et la couleur du jus d'aloès – un nuage rouge flotte au cœur du liquide, évoquant un œuf de poule fertilisé. Sa bouche est entrouverte, permettant à Frank de voir ce qui reste de ses dents : des petits bouts irréguliers dépassent de ses gencives sanguinolentes, pareils à des éclats de verre sur le châssis d'une fenêtre brisée. Un peu de sang se met à couler de sa bouche, par-dessus les éclats de dents. Avec un gros bruit de succion liquide, le type parvient à ravaler le sang.

O Dieu, brise-leur les dents dans la bouche* !

Frank détourne le regard.

Derrière lui, Kees demande : "Qu'est-ce qui se passe, monsieur ?

— Vous voulez dire : pourquoi est-ce que je suis là, alors que je devrais être au lit chez moi, à côté de ma petite femme qui me réchaufferait sous nos couvertures douillettes ? Pourquoi ne posez-vous pas cette question à M. Reynolds, officier Kees, puisqu'il connaît cette histoire mieux que moi ?"

* Extrait du psaume 58 de la Bible.

Frank regarde par-dessus son épaule et s'aperçoit que Kees a soudain l'air d'aller encore plus mal. Il est en train de fixer l'arrière du crâne bandé à côté de Frank. Frank peut voir les rouages tourner à cent à l'heure derrière ses yeux.

"Je sais pas ce que cet homme vous a raconté, monsieur, mais quoi que ce soit, c'est pas vrai.

— Vous savez pas ce qu'il a raconté, mais il ment ?" Busey secoue la tête. "Asseyez-vous, officier Kees.

— Monsieur.

— Asseyez-vous, putain !"

Cette fois-ci Kees ne répond pas, apparemment il se dit que ce n'est peut-être plus le moment de causer. Il va s'asseoir sur la seule chaise encore inoccupée – à l'exception du fauteuil de Busey –, qui se trouve juste à la droite du type que le capitaine a appelé M. Reynolds.

"Monsieur Reynolds, demande Busey, avez-vous déjà vu M. Riva ?"

M. Reynolds regarde Frank. Du sang se met à couler de sa bouche, qu'il fait disparaître en l'aspirant. Frank se retient de frissonner, mais un bref tic à l'œil droit trahit son dégoût.

"Non, monsieur, dit Reynolds d'une voix qui sonne humide. Je ne l'ai jamais vu auparavant.

— Cet homme a reçu un sérieux traumatisme crânien, monsieur, intervient Kees. Il n'a aucune idée de ce qu'il dit. Je ne le connais même pas. Je ne…

— Fermez votre putain de gueule, Kees, dit Busey avant de secouer la tête. Vous m'avez causé beaucoup plus d'ennuis que vous n'en valez."

Busey se dirige vers le fauteuil en toile noire derrière son bureau. Frank discerne un triangle foncé au centre du dossier du fauteuil, là où Busey a transpiré, et des flocons blancs sur les accoudoirs, qu'il pense être des petites particules sèches de déodorant, ou des pellicules, ou les deux.

Busey s'assoit, pousse un soupir. Il pose les coudes sur son bureau – quelque chose qu'il doit faire souvent, car il y a deux cercles sur la surface en bois dont le vernis est parti à force d'être frotté – et il appuie son menton sur ses paumes ouvertes. Il se frotte le visage. Ses mains calleuses contre sa barbe naissante font un bruit de papier de verre. Il aspire la morve à l'intérieur de son nez, qui passe dans sa gorge et qu'il avale.

Puis il lève les yeux vers Frank et M. Reynolds.

Frank attend.

"Etre un agent de police dans les rues de cette ville est un boulot stressant, dit Busey. Comprenez-moi bien, je n'excuse pas les actes de l'officier Kees ; je dis simplement que, parfois, des types bien craquent et font des choses pas bien, ou stupides." Ça sonne comme un discours soigneusement préparé, et Frank se demande si Busey n'a pas répété dans les toilettes, face à un miroir taché d'éclaboussures d'eau, pendant qu'un type chiait son dernier repas dans des W.-C. derrière lui. Frank parierait que oui ; il parierait un bon paquet là-dessus. "Ce que l'officier Kees a fait, poursuit Busey, était à la fois mal et stupide. Le stress peut affecter les gens ; parfois la rue peut transformer un homme bon et intelligent en homme bête et violent. Récemment, il y a eu des troubles occasionnés par une manifestation de nègres. Il y a eu des blessés qu'on aurait peut-être pu éviter. Un jeune homme a été tué. Vous l'avez peut-être lu dans les journaux. Si ce qui est arrivé ce soir est révélé au public et vient s'ajouter à ce qui s'est passé durant cette manifestation de nègres – bref, ça nuira à la crédibilité de la police. Vous êtes tous deux des citoyens respectueux des lois, de bons citoyens. Vous travaillez, vous payez vos impôts, vous votez. Vous êtes le genre de personnes qui savent qu'une police compromise ne peut pas faire son boulot, que la police a besoin de la confiance du public pour fonctionner. Le genre de personnes qui comprennent toute l'importance du travail de la police. Qui savent que cette ville est dangereuse et que la police doit pouvoir remplir sa mission."

Busey se lèche les lèvres.

Frank entend un bruit de succion liquide venant de sa droite.

Kees reste silencieux.

Frank regarde ses mains – croisées sur ses genoux –, puis lève les yeux vers Busey. Il attend toujours – attend la chute. La plupart des gens ne commencent pas à vous raconter une bonne blague sans avoir déjà prévu la chute.

"Bon, alors..." dit Busey. Il regarde deux feuilles de papier posées sur son bureau, entre ses coudes, puis les prend et en tend une à Frank, l'autre à M. Reynolds. Frank étudie la sienne. "Je suis prêt, reprend Busey, à vous proposer à chacun une indemnité importante en liquide si vous acceptez de signer cet accord stipulant que ce service de police n'est pas fautif et que vous vous engagez à ne rien dévoiler publiquement de ce qui s'est passé cette nuit. Qu'en dites-vous ?

— Une indemnité vraiment importante ?" demande M. Reynolds avant de faire le bruit de succion liquide, suivi d'un bruit de déglutition. Frank s'imagine en train de manger un œuf cru.

Busey écrit un chiffre sur un bout de papier qu'il fait glisser de leur côté du bureau.

"Ça vaut pour vous deux."

Frank et M. Reynolds se penchent pour regarder.

M. Reynolds relève la tête : “Ça ne paraît pas juste – succion liquide – que nous obtenions le même montant – succion liquide – alors que mon état – succion liquide – est tellement plus grave.”

Busey pince les lèvres, siffle entre ses dents, appuie ses paumes l'une contre l'autre, les frotte contre son menton, les sépare à nouveau.

“OK. Ajoutons cinquante pour cent.”

M. Reynolds hoche la tête.

“OK”, dit-il.

Busey sourit.

“Voilà ce que j'aime entendre. Vous êtes un brave homme. Et vous, monsieur Riva ?”

Frank tarde à répondre. Il fixe la feuille de papier, en travers de laquelle le chiffre est griffonné à l'encre bleue.

“Qu'est-ce qui va arriver à l'officier Kees ?

— Il sera réprimandé et mis à pied pendant quinze jours.

— Tout en recevant sa paie ?

— Probablement, dit Busey en hochant la tête.

— Alors sa punition, s'indigne Frank, ce sont des congés payés. Cet enfoiré a essayé de tuer un homme, et il a essayé de me mettre ça sur le dos, et vous me dites que dans quinze jours il sera de retour dans la rue en bleu marine ? Il devrait être en prison, pas y mettre les autres.”

Il y a dix minutes encore, Frank pensait qu'il était lui-même bon pour la prison. Maintenant il sait qu'il l'a évitée, et une part de lui-même se dit qu'il devrait être content de s'en sortir, mais non. Il n'est pas content. Il est furieux. Ça fait longtemps qu'il sait que le monde est pourri, il le sait trop bien, mais parfois il est étonné de constater à quel point c'est vrai ; même maintenant, à ce stade de sa vie, à l'approche de la cinquantaine, il peut découvrir quelque chose qui lui fait prendre conscience comme pour la toute première fois que le monde n'est pas seulement cassé, mais impossible à réparer. Aucune quantité de colle ne pourra jamais l'arranger. Et pourtant, chacun doit se concentrer sur sa petite partie du monde, non ? Chacun doit se concentrer sur son petit coin de la planète et recoller les fentes qu'il peut. Autrement il n'y a aucun espoir.

"Un blâme dans le dossier d'un officier est une chose sérieuse, monsieur Riva, précise le capitaine Busey. Très sérieuse.

— Aussi sérieuse qu'un meurtre ?"

Busey pousse un soupir – un père exaspéré.

"Je peux comprendre votre point de vue, et je peux même comprendre pourquoi il va être difficile pour vous de signer cet accord, malgré la compensation financière. Mais... – dit Busey en se penchant en avant sur les coudes et en le regardant fixement avec des yeux gris tellement clairs qu'ils en sont inquiétants, injectés de sang et jaunes dans les coins –, vous allez signer, monsieur Riva. Ce n'est plus une simple proposition.

— Et si je signe pas ?"

Busey hausse les épaules.

"On a une télé volée avec vos empreintes partout dessus." Il se gratte la joue. "Et même si je connais pas bien M. Reynolds, je parie que ça prendrait pas grand-chose pour le persuader de témoigner contre vous. Votre part de l'argent, par exemple. Et laissez-moi ajouter un truc, MONSIEUR Riva. On va garder ces preuves un long moment, et votre nom restera marqué dessus en gros. Je vais les garder tout près de moi, et, vous, vous allez garder le silence."

Frank sent sa mâchoire se crisper.

Il regarde l'accord qu'il serre dans sa main. Il regarde le papier avec le chiffre écrit à l'encre bleue sur le bureau de Busey.

Le monde est cassé, c'est tout. Vous recollez les fentes que vous pouvez, mais vous ne vous laissez pas tomber dans les autres. Pas quand vous pouvez l'éviter. Ça ne vous servira à rien, ni à vous ni à personne.

Frank prend un stylo, se penche au-dessus du bureau, signe l'accord et le jette vers Busey. Puis il se lève.

"Je veux pas de votre argent.

— Encore mieux, dit Busey.

— J'aimerais rentrer chez moi, maintenant.

— Ramenez-le chez lui, officier Kees. Votre mise à pied prendra effet dès votre retour.

— Je préférerais que ce soit quelqu'un d'autre, dit Frank.

— Ramenez-le chez lui, officier Kees."

37

William gare le break devant la porte cabossée du garage. Il coupe le contact.

Il se regarde dans le rétroviseur. Sa joue est maculée de sang. Ses yeux sont vides et choqués.

Il s'était promis que ça n'arriverait plus, mais c'est arrivé. C'est arrivé de nouveau.

Il ouvre la portière du conducteur et sort.

Elaine sera fâchée qu'il ait perdu le couteau de cuisine ; il va falloir qu'il invente une histoire. Peut-être lui dira-t-il qu'il ne trouvait plus le tournevis et s'est servi du bout du couteau pour dévisser quelque chose – par exemple qu'il a fait tomber son briquet dans le conduit d'aération au sol et qu'il a dû ôter la grille pour le récupérer ; enfin il décidera plus tard –, et le couteau s'est cassé alors il l'a jeté. Oui, voilà ce qu'il lui racontera quand elle l'interrogera à ce sujet. Il expliquera que, de toute façon, ils ont besoin d'un nouveau jeu de couteaux de cuisine. Ceux-là ont commencé à rouiller par endroits – acier inoxydable mon cul, se plaindra-t-il.

Il n'arrive pas à croire que ça se soit produit à nouveau.

C'est la faute d'Elaine, qui l'a repoussé. La fille aurait vécu s'il n'y était pas retourné ; et si Elaine ne l'avait pas repoussé, il serait resté à la maison. Probablement.

Comment est-il devenu la personne qu'il est devenu ?

Il se déteste.

Il longe l'allée menant à la porte d'entrée, pousse la porte. Il se rend directement dans la salle de bains. Il a du sang et de la terre sous les ongles. Son pull est couvert de grosses taches de sang poisseuses en train de sécher. Parce que le tissu est foncé, on ne voit pas que c'est du sang, mais ça en est. Son jean est encore humide au niveau des genoux, de la terre provenant du lit de fleurs est incrustée entre les mailles.

Il se déshabille et se contemple dans le miroir. Il n'aime pas ce qu'il voit.

Il grimpe sous la douche et fait couler l'eau.

38

David sort du petit restaurant avec un sac en papier kraft graisseux sous le bras. Ce *diner* ouvre à cinq heures du matin, et c'est l'un des rares endroits corrects où John et lui aiment manger un morceau à cette heure-ci. Il y a un autre *diner* ouvert toute la nuit pas trop loin, mais la nourriture là-bas est faite pour les poivrots qui n'arrivent à sentir le goût que de l'alcool à 90.

La première fois que David tenta de commander deux cheeseburgers ici, la dame derrière le comptoir – il apprit plus tard qu'elle s'appelait Annette – le regarda comme s'il était fou. "Vous préféreriez pas plutôt deux œufs cuits des deux côtés accompagnés de galettes de pommes de terre sautées ?" Mais ça, c'était de la nourriture de petit-déjeuner, et il avait déjà pris son petit-déj'. Il l'avait mangé à neuf heures la veille au soir. Au bout de cinq minutes, il réussit à la convaincre qu'il voulait vraiment deux cheeseburgers, et également des rondelles d'oignons frites. Deux portions. Annette alla au guichet qui séparait l'avant du restaurant de la cuisine, parla au cuisinier en chuchotant – comme s'ils discutaient de secrets d'Etat – et revint vers David. Elle lui dit qu'il allait devoir se contenter de frites avec ses cheeseburgers, pas de rondelles d'oignons, mais à part ça aucun problème. Alors burgers et frites ce fut, et burgers et frites c'est encore à ce jour. Maintenant, dès qu'il franchit la porte, Annette le salue par son nom. La nourriture est bonne ici, et il n'a pas à s'inquiéter des dépressifs qui titubent et dégagent des vapeurs d'alcool que les restos ouverts toute la nuit semblent toujours attirer. Il n'aime pas voir ces types – c'est comme de regarder dans un miroir qui reflète l'avenir au lieu du présent. Il peut à peine affronter aujourd'hui ; il ne veut rien savoir de demain, pas avant que demain n'arrive – et probablement même pas à ce moment-là.

Il lève les yeux vers les nuages gris qui s'amoncellent et ouvre la portière. A l'intérieur de l'ambulance, John a déjà sorti la glacière et boit sa première bière. Ils se partagent en général un pack de six en dînant. David grimpe et ferme la portière.

Il farfouille dans le sac graisseux pour en extraire le cheeseburger de John, enveloppé dans du papier jaune maculé de mayonnaise. Il le lui tend, ainsi que sa petite barquette en carton de frites. Puis il sort une cannette de Schlitz de la glacière entre leurs sièges, tire sur l'anneau et le jette. Il boit une gorgée. Elle a bon goût ; au bout de trois, et peut-être d'une ou deux autres gorgées de sa petite bouteille personnelle, avec un peu de chance il commencera à se sentir à nouveau humain.

Il rote, puis s'attaque à son burger. Il meurt de faim.

"T'as pas dit grand-chose depuis qu'on a déposé ce type à l'hosto, observe John, la bouche pleine de bœuf haché rose et de fromage américain.

— J'avais pas grand-chose à dire.

— Qu'est-ce qu'il t'a fait ?"

David hausse les épaules. "Les détails ont pas d'importance. Ils en ont jamais."

Ils mangent en silence pendant un moment, buvant de temps à autre une gorgée de bière, trempant leurs frites dans les flaques de ketchup qui remplissent les coins de leur barquette, s'essuyant les doigts sur leur pantalon, rotant, mangeant de plus belle.

"Mais tu voulais qu'il meure", reprend John au bout de quelques minutes.

David termine sa bière, balance la cannette vide dans la glacière, en prend une fraîche et l'ouvre. A l'aide de la Schlitz, il fait descendre la patate et le pain mou qui lui collent à la gorge, puis regarde par la vitre le matin aux couleurs ternes.

"J'en ai pas fini avec lui, dit-il. Loin de là."

39

Sortant de la douche, Thomas attrape la serviette pendue sur la barre et se sèche. Cela fait une semaine qu'il se sert de la même serviette, depuis la dernière lessive qu'il a fait tourner, et elle commence à dégager une odeur un peu âcre. La peau morte collée à une serviette ne sent pas bon, même si c'est de la peau morte propre. Une fois sec, il remet la serviette sur la barre et prend le caleçon propre qu'il a posé sur le siège des toilettes. Il l'enfile et sort de la salle de bains, suivi par un nuage de vapeur tourbillonnante.

Il va ouvrir la porte coulissante de la penderie, choisit un pantalon bleu-gris avec une rayure noire le long de la jambe et l'enfile. Il pense à la nuit qu'il vient de vivre. Il pense à Christopher qui se tient devant la fenêtre de la chambre et regarde dehors. Il prend un tricot de corps plié sur l'étagère de la penderie et le met – à l'envers, mais peu importe. Il ôte d'un cintre une chemise du United States Postal Service et passe les bras dedans. Boutonnant la chemise, il tourne le dos à la penderie et observe Christopher. La lumière de ce début de matinée éclaire son visage à travers la fenêtre.

"Qu'est-ce que tu regardes ?" demande Thomas en achevant de boutonner sa chemise.

Christopher lance un coup d'œil vers Thomas, puis reporte son attention vers la fenêtre, vers ce qui se trouve de l'autre côté.

"J'ai l'impression que personne n'a appelé la police.

— Oh mon Dieu, dit Thomas, se souvenant de la femme dans l'ombre de la cour cette nuit. Je crois que tu as raison. Il y aurait eu des lumières ou des sirènes ou quelque chose. Elle est encore dehors ?"

Christopher secoue la tête.

"Non. Je la vois pas, en tout cas. Mais regarde."

Thomas a soudain un nœud dans le ventre. Il se rend compte qu'il n'a pas envie de regarder. Il se rend compte qu'il ne va pas aimer ce qu'il verra. Il n'a pas besoin de le voir pour savoir qu'il n'aimera pas.

Il s'approche lentement de la fenêtre, tout en observant le visage de Christopher, tâchant de deviner ce qui se trouve dehors en lisant son expression, tâchant de se préparer.

Mais voilà qu'il est lui-même à la fenêtre et qu'il regarde dehors de ses propres yeux.

Quelque chose de terrible s'est produit ; ils ont laissé quelque chose d'horrible se produire.

La cour est désormais entièrement visible : les réverbères sont toujours allumés à l'extérieur, et la lumière du matin a commencé à effacer les ombres qu'ils n'éclairaient pas. Le soleil n'est pas encore apparu au-dessus de l'horizon, mais il éclaire déjà le ciel d'une couleur blanc sale, malgré les nuages gris qui grondent là-haut, s'attardant, cherchant les ennuis.

Il y a une flaque de sang près de l'entrée de la cour du côté d'Austin Street. Une traînée rouge menant à un des bancs dans la cour. Le banc est maculé de sang et il y a une autre flaque à trente centimètres à peine sur le béton – assez grosse, pense Thomas, pour qu'un rongeur s'y noie. Il y a quelques empreintes rouges de chaussures de femme, mais la plupart des empreintes – et il y en a des dizaines – correspondent à des chaussures d'homme, les pas lourds d'un homme en colère, d'un homme en chasse. Puis il y a le tracé sanglant d'empreintes de mains qui partent du banc, tournent à l'angle vers l'entrée de la résidence – leur parcours ponctué de diverses autres taches en forme de dièses ou d'autres motifs bizarres. Quelqu'un rampant à genoux, cherchant à s'enfuir.

La cour n'est plus qu'une toile sur laquelle a été peinte l'horreur de la nuit dernière. Thomas n'a jamais vu autant de sang de sa vie.

40

Si Christopher n'a pas vu Kat, c'est parce qu'elle est derrière l'angle de l'immeuble, du côté qui donne sur Austin Street, mais elle est bien là, oui, à genoux, et son sang coule encore tandis qu'elle tente de regagner son appartement. Le couteau est toujours dans sa poitrine, battant comme s'il avait son propre pouls, battant comme un pouce écrasé par un marteau. En rampant, Kat essaie de ne pas glisser sur son propre sang. Essaie de ne pas glisser parce que si elle glisse, elle tombera sur le couteau qui plongera encore plus profondément dans sa poitrine.

Elle a l'impression d'être en train de se noyer.

Quelque chose la gratte dans sa gorge, elle tousse – s'étouffe, s'étrangle – et une longue coulée de liquide s'échappe d'elle, un long filet de sang coagulé.

Son sang se déverse à l'intérieur d'elle-même. Elle a l'impression de se noyer dans son propre sang.

Elle a froid partout.

Des heures et des heures ont dû passer. Combien ? Elle n'arrive pas à imaginer. On dirait que ça fait des jours qu'elle est là – il lui semble avoir manqué une demi-douzaine de couchers et de levers de soleil. Elle sait que ce n'est pas vrai, elle aurait vu des gens si c'était le cas – des gens se rendant au travail ou bien en revenant, des gens ouvrant leur boîte aux lettres, des gens roulant en voiture dans la rue, des gens se garant sur le parking du Long Island Railroad de l'autre côté de la route – et l'un d'entre eux l'aurait sûrement aidée. Ça ne peut pas avoir duré des jours, mais c'est l'impression que ça donne. Elle s'imagine être ici, immobile, tandis que des gens filent autour d'elle comme dans un film en accéléré, dans tous les sens, plus vite qu'il n'est humainement possible, montant et descendant de véhicules, rentrant chez eux avec des sacs de courses, sortant des sacs-poubelles remplis, le soleil se levant et se couchant en l'espace de quelques instants à peine, des nuages se formant et se désagrégeant, des fleurs éclosant et se fanant et mourant. Elle s'imagine ici, immobile, tandis que le monde se meut autour d'elle. Puis elle imagine qu'elle disparaît.

Elle tend une main qui glisse sur le béton – elle parvient de justesse à se maintenir sur ses trois autres membres.

Elle fait une nouvelle tentative, cette fois-ci elle réussit à avancer.

Un petit peu. Un tout petit peu.

Je ne vais pas mourir, pense-t-elle.

Elle regarde ses mains sanguinolentes, la terre sous ses ongles, le sang qui dégouline entre ses bras, qui coule du manche du couteau enfoncé dans sa poitrine, puis elle lève les yeux vers la distance – moins d'un mètre – qui la sépare de la porte ouverte. La porte *ouverte*. Au moins elle a réussi à l'ouvrir. Moins d'un mètre.

Chaque fois qu'elle avance le bras et le genou, elle gagne une quinzaine de centimètres. D'abord atteindre la porte, ensuite le téléphone. Pour l'instant, se concentrer sur la porte. Quinze centimètres chaque fois qu'elle avance. Faire encore six fois l'effort de tendre le bras en avant.

Six fois. Elle ne va pas mourir.

Elle avance, sur ses mains et ses genoux. Le monde vire au gris, des points noirs volettent dans l'air devant ses yeux – comme des insectes, comme des grains de poussière – et elle lutte pour ne pas perdre connaissance.

Elle ne mourra pas ici. Elle peut y arriver.

Il ne reviendra pas.

Ne pense pas au téléphone.

Seulement à atteindre la porte.

Atteindre la porte.

Atteindre la porte.

41

William remplit deux tasses de café puis pose la cafetière électrique Sunbeam sur le plan de travail. Il porte des habits propres, un jean et une chemise de travail en tissu écossais. Après sa douche, il a pris un sac-poubelle et a fourré dedans ses vêtements ensanglantés – le pantalon et le pull – avant de le nouer et de l'enfouir au fond de la poubelle, soulevant des morceaux de coquilles d'œuf et des vieux journaux qu'il a ensuite remis par-dessus.

La prochaine fois qu'Elaine fera une lessive, elle se rendra compte qu'ils manquent à l'appel. Elle lui demandera peut-être où ils sont passés, mais à ce moment-là il aura trouvé quelque chose, une raison pour expliquer leur absence. Pour l'instant aucune idée ne lui vient, mais il faut dire que la nuit a été longue.

Encore tout ensommeillée, Elaine se traîne jusqu'à la porte de la cuisine, vêtue du peignoir que la maman de William lui a offert à Noël dernier. Elle s'appuie dans l'encadrement, croisant les bras pour se réchauffer.

William prend les deux tasses de café, en apporte une à Elaine.

“Bonjour”, dit-il.

Elle avale une gorgée, lui aussi. Il est bon – chaud, amer, bon. Une vapeur délicate s'élève de leurs tasses avant de se dissiper.

"Où étais-tu hier soir ? demande-t-elle au bout d'un moment.

— Je suis sorti marcher."

Elaine secoue la tête.

"C'est pas vrai."

William regarde ailleurs ; il ne peut pas la regarder elle.

"J'ai fait quelque chose de mal.

— Qu'est-ce que tu as fait ?

— Je ne…

— Qu'est-ce que tu as fait ?"

Il avale sa salive.

"J'ai fait du mal à quelqu'un.

— Qu'est-ce qui s'est passé ?

— J'ai fait du mal à quelqu'un."

Il regarde sa femme.

Elle est grosse. Ce n'était pas le cas à l'époque où ils se sont connus – autrefois elle était mince, belle –, mais le temps transforme les gens et maintenant elle est grosse. William s'en fiche. C'est aussi une femme douce, une bonne épouse. Il ne sait pas comment il s'est retrouvé avec elle. Il ne peut pas lui laisser voir ce qu'il est. Elle ferait ses valises, prendrait les gamins, partirait et ne reviendrait jamais. C'est ça qui va se passer si jamais elle découvre la vérité. Il ne faut pas qu'il lui laisse voir ce qu'il est – même si une part de lui-même le souhaiterait. Une part de lui-même voudrait dévoiler la vérité au grand jour, tout révéler, qu'on en finisse.

Il pose son café sur le plan de travail et glisse la main dans sa poche de poitrine. Il sort ses cigarettes et son briquet, coince une cigarette entre ses lèvres et l'allume.

Il ne faut pas qu'elle sache ce qu'il est, mais une part de lui-même voudrait qu'elle sache.

"J'ai ces..."

Il tire une bouffée de sa cigarette – sent la fumée s'infiltrer dans ses poumons poreux, chaude et épaisse comme du liquide – et exhale par les narines. Il jette un coup d'œil à l'horloge sur le mur. Il est presque cinq heures quarante, six heures moins vingt.

"Il faut que j'aille bosser", dit-il.

Il termine son café en trois longues gorgées, laisse échapper un rot, puis demeure immobile un moment avant de tirer à nouveau sur sa cigarette.

Il s'était dit que ça ne se reproduirait plus, mais voilà que si.

Il s'approche d'Elaine et l'embrasse sur la joue, sans qu'elle tourne la tête vers lui pour accepter son baiser.

"Il faut que j'aille bosser", répète-t-il en se dirigeant vers la porte d'entrée. Il ouvre, franchit le seuil et passe dans la lumière du matin.

Il se tient une minute sur les marches de la maison, fumant et contemplant ce jour nouveau. Un jour nouveau, oui, mais le même vieux monde.

Ses jambes ne le portent pas bien, c'est la fatigue, le manque de sommeil. Ses yeux brûlent.

C'est la faute d'Elaine. Si elle ne l'avait pas repoussé, ça ne se serait jamais produit. Il n'y serait pas retourné.

Elaine ouvre la porte derrière lui et le regarde. Il fait volte-face, surpris.

"Qu'est-ce qui s'est passé cette nuit ?" Elle scrute les pieds de William. "C'est du sang sur tes bottes ? On dirait du sang sur tes bottes."

Il les regarde, ses bottes, et voit les taches décolorées là où il a frotté tout à l'heure. De nouvelles traces de sang se sont rajoutées par-dessus, qu'il n'a pas lavées. Il ignore pourquoi il n'a pas lavé les nouvelles taches ; il aurait dû.

Il ne peut pas expliquer à Elaine. Une part de lui-même voudrait.

Il ne peut en parler à personne.

"Je vais être en retard", dit-il, et il s'éloigne vers la voiture.

42

Patrick a pris sa décision. Il traverse l'appartement, pousse la porte de la chambre de maman, frappant légèrement – salut, c'est moi – avant d'entrer.

Maman est assise au lit, contemplant le matin gris par la fenêtre.

"Tu es réveillée, dit-il.

— Je n'ai pas dormi.

— Je croyais que tu étais fatiguée.

— Je t'ai expliqué que le sommeil ne peut rien faire contre ce genre de fatigue."

Patrick hoche la tête.

"J'ai réfléchi à ça, dit-il. A ça, à la conscription, à la guerre, à la possibilité de partir au Viêtnam pour y tuer des gens qui ne m'ont rien fait, peut-être me faire tuer moi-même. J'ai peur rien que d'y penser. Mais si j'y vais pas..." S'il n'y va pas, ce sera parce que sa mère est malade et qu'il doit s'occuper d'elle, parce qu'il doit rester ici pour s'occuper d'elle jusqu'à ce qu'elle meure ; autrement, il faut qu'il y aille. Il n'a pas reçu une invitation à se présenter à une visite médicale ; il a reçu une convocation. Soit ils l'autorisent à rester à cause de la maladie de sa mère, soit il part. L'alternative, ce serait la prison, et il ne va pas quitter une petite pièce pour une pièce encore plus petite. Il pousse un soupir, secoue la tête. “Si tu veux vraiment t’en aller, si tu es sérieuse, si tu en as vraiment assez – je t’aiderai. Mais si tu préfères je resterai avec toi, à condition que l’armée me le permette.”

Maman l’observe un long moment à travers les plis de chair qui entourent ses yeux. Elle ne bouge pas ; elle le regarde, c’est tout. Il a l’impression qu’elle essaie de discerner quelque chose en lui, mais quoi donc ?

Elle hoche la tête.

“Merci”, dit-elle.

43

Frank est assis sur le siège du passager à l'avant de la voiture de patrouille, il regarde à travers la vitre sale, serrant puis desserrant la mâchoire, ne souhaitant qu'une chose, être loin de ce fils de pute.

“Ça n'avait rien de personnel, déclare Kees, brisant le silence.

— Peut-être pas pour toi. Pour moi, c'était terriblement personnel. T'as essayé de m'expédier en prison. Ça n'aurait pas seulement foutu ma vie en l'air, mais celle de ma femme aussi. Et il se trouve que je tiens à ma femme.

— Je faisais simplement ce que j'avais à faire.

— Foutaises.

— Tu sais pas ce que je dois endurer.

— Oh là là, versons tous une larme pour ce pauvre assassin de flic, dit Frank en riant de colère. Je sais pas ce que t'endures ? J'ai pas besoin de le savoir. Je sais que tu as essayé de tuer un homme et qu'à la dernière minute ton patron a effacé tes conneries grâce à la petite monnaie des services de police. Je sais pas ce que t'endures ? Enfoiré, c'est toi qui vis pas dans la réalité. T'as ton uniforme bleu, c'est comme une armure. Nous autres, on est nus pour affronter la ville.

— Cet uniforme est pas une armure, dit Alan en secouant la tête. C'est une cible.

— Peut-être que c'est pas l'uniforme, la cible. Peut-être que c'est toi. J'en suis même sûr, nom de Dieu."

La respiration de Frank s'emballe, ses joues lui paraissent brûlantes et il serre fort les poings. Il ne se rappelle pas avoir jamais été autant en colère. Il sent les tendons se raidir le long de ses bras. Se raidir de tension. Dans son cou, aussi. Et il sent son pouls tambouriner dans ses tempes. Il n'est pas seulement en colère contre le flic assis à côté de lui ; il est en colère contre le monde qui a donné naissance à ce flic, qui encourage son existence. Pas étonnant qu'il puisse se balader avec ce sourire narquois de sous-lieutenant sur la tronche, faisant tout ce qui lui plaît – le monde a été créé pour les trouducs comme lui. Frank a toujours pensé que les gens comme lui ont ce qu'ils méritent à la fin, mais c'est terminé, jamais plus il ne le croira. Il desserre les poings puis les serre à nouveau. Il sent une douleur dans ses articulations, une tension comme celle d'un ressort dans ses avant-bras.

"Si tu ne portais pas cet uniforme, je te péterais la gueule pour ce que t'as essayé de me faire."

Au moment où ces mots sortent de la bouche de Frank, Kees braque le volant à droite et gare la voiture de patrouille contre le trottoir devant la résidence *Hobart Apartments.*

Il se tourne vers Frank et sourit.

"Alors pourquoi tu fais pas comme si je portais pas l'uniforme, Frank ?

— Pour la même raison que je me mets pas à sauter du haut des immeubles en faisant comme si le sol était en guimauve. J'ai pas besoin de me prendre la réalité en pleine poire. Le monde vous cogne suffisamment fort quand vous le prenez pour ce qu'il est."

Kees se lèche les lèvres, ne quitte pas Frank des yeux.

“Je promets que ça resterait notre petit secret.”

Frank sait qu’il bluffe, le sait parce qu’il arbore ce putain de petit sourire narquois de sous-lieutenant que Frank a appris à haïr durant ses deux années dans l’armée. Il sait que Kees ne le provoque qu’afin de le mettre en colère, simplement pour que Frank se sente petit et minable, parce qu’il est persuadé que Frank n’oserait jamais.

“Tu veux m’en coller une, vas-y. T’es qu’un négro à mes yeux, et y a rien que tu puisses dire ou faire qui me poussera à changer d’avis. Alors fais-toi plaisir. Saisis ta chance.”

L’œil droit de Frank est pris d’un tic nerveux.

Le petit sourire de Kees se transforme en grand sourire qui dévoile toutes ses dents. Ses yeux disent qu’il sait que Frank ne bougera pas, même s’il en a énormément envie, même s’il en sent le goût dans sa bouche – un goût de sang cuivré et amer.

“J’en ai trop bavé cette nuit, dit Frank, la mâchoire serrée. Me tente pas.

— Voilà pourquoi les nègres feront jamais aucun progrès. Vous êtes tous des lâches. T’es un esclave-né…”

Mais avant que cette ordure arrogante qui sait que ce monde ne lui en fera jamais voir de toutes les couleurs puisse terminer sa phrase, l’épaule de Frank percute sa poitrine, le renversant contre la portière de la voiture, et Frank entend un *wouf !* quand l’air est expulsé des poumons de Kees, le craquement de la poignée de la vitre au moment où le dos du flic s’écrase dessus, le bruit sourd de sa tête heurtant la vitre sale. Puis la portière s’ouvre – Kees a dû accidentellement actionner la poignée – et les deux hommes tombent sur l’asphalte. Kees sur le dos, Frank sur lui, dévisageant ce salopard débile qui se croit invincible. Frank attrape le type par les cheveux et lui cogne la tête contre le bitume – un bruit sourd, creux et particulièrement désagréable, mais Frank l'entend à peine.

"Alors comme ça je suis un lâche, espèce de fumier ?"

Il écrase son poing massif contre le nez du type.

"Alors comme ça je suis un esclave-né ?"

Il frappe Kees en pleine mâchoire – sa tête part sur le côté, trois dents volent de sa bouche et se dispersent sur l'asphalte gris comme de la petite monnaie, tandis qu'une quatrième s'incruste dans la chair de Frank, entre le majeur et l'annulaire. Mais Frank s'en fout. Il n'en a pas encore terminé. Même les requins crèvent un jour. Un autre coup sur le visage du flic et son arcade sourcilière se déchire comme le boyau d'une saucisse, du sang se déverse dans son orbite.

"Hein ? Alors ?"

Encore un coup de poing. Le flic essaie de repousser Frank, de l'écarter, mais Frank frappe encore et encore et encore et… le flic lui braque un flingue devant les yeux.

Frank regarde le canon noir et, au-delà, le visage à l'allure de steak haché du flic – des envies de meurtre luisent dans les yeux sanglants de Kees.

"Je devrais t'abattre comme l'animal que tu es."

Frank se relève, recule en reprenant son souffle.

"Tu braques ça sur moi en tant que flic ? demande-t-il. Tu me mets au défi de t'attaquer, tu me traites de lâche, et puis quand je fais ce que tu m'as mis au défi de faire, ce que tu as dit que j'étais trop lâche pour faire, tu sors ton flingue ? Je suis un lâche, d'après toi, mais tu peux même pas te battre d'homme à homme. Tu t'es sorti de la merde dans laquelle tu t'étais fourré en laissant ton capitaine acheter un type que tu avais tenté d'assassiner – et maintenant tu pointes ton arme de service sur moi, après m'avoir donné ta parole que tu te battrais pas en tant que flic. Mais tu t'y tiens pas. Parce que tu perds. Parce que sans cet uniforme et ce putain de revolver de service t'es rien. T'es du menu fretin qui se trouve avoir un requin à ses côtés. Si tu appuies sur cette détente, t'auras plus qu'à laisser tes frères en uniforme nettoyer ta merde encore une fois. Et pourquoi tu t'en priverais ? C'est leur merde à eux, non ? C'est eux qui ont donné à une petite sardine terrorisée des dents de requin."

Tandis que Frank parle – à moitié persuadé d'être sur le point de se prendre une balle, à moitié certain que sa cervelle va servir à peindre un Jackson Pollock dans la rue derrière lui, tellement les yeux du flic brûlent –, Kees et lui tournent en rond en se faisant face, dans une sorte de danse, se repositionnant physiquement et mentalement. Frank essaie de déterminer s'il a une chance de prendre ce flingue à Kees avant que le flic ne lui tire une balle dans le front, et pour cela il scrute les rouages s'activant derrière les yeux de Kees, qui lui-même se demande s'il peut se permettre d'appuyer sur la détente.

Mais soudain Frank se fige.

Il regarde derrière Kees, vers les *Hobart Apartments*. Il voit du sang partout, et sa voisine, Kat, étendue sur le côté, sans connaissance, juste devant sa porte d'entrée. Des clés pendent sur la poignée de la porte. Tout à l'heure, elle rentrait en voiture pile au moment où il partait. Il l'a saluée de la main quand leurs véhicules se sont croisés – comme s'il allait acheter une bouteille de lait, c'est tout. Est-ce qu'elle est vraiment restée là-dehors pendant tout ce temps ? Il regarde en direction de la cour et voit une scène de carnage. Il déglutit.

“Appelle une ambulance.

— Quoi ? dit Kees, furieux, pointant toujours le flingue.

— Appelle une ambulance, nom de Dieu.”

Sans se soucier de l’arme braquée sur lui, Frank passe devant Kees, juste devant le flic et son revolver, et se dirige vers Kat, étendue dans une mare de sang sur le seuil de sa porte d’entrée.

Kees appuie sur le chien du revolver.

“Bouge pas, espèce de…”

Il garde Frank dans sa ligne de mire tandis que celui-ci continue de marcher vers Kat, le ventre noué, attendant la balle. Elle ne vient pas. Frank lance un regard par-dessus son épaule, se rend compte que Kees lui aussi voit désormais le carnage – les flammes s’éteignent dans les yeux du flic, et Frank sait qu’il est hors de danger. Pour l’instant, en tout cas. On ne va pas lui tirer dans le dos.

Frank s’approche de Kat – pauvre petit oiseau, fragile et brisé – et s’agenouille à côté d’elle devant l’entrée. Elle est immobile, étendue dans une robe qui devait être autrefois bleu clair, mais qui maintenant est marron, de la couleur du sang séché.

Un couteau est planté dans sa poitrine. La lame est enfoncée jusqu’à la garde, seul le manche en bois craquelé dépasse.

Ses yeux sont ouverts, mais ils semblent ne voir que le vide.

Frank s’apprête à prendre son pouls. C’est alors qu’elle cligne des yeux.

“Aidez-moi, murmure-t-elle. Frank… Je vous en prie, aidez-moi.

— Je vais appeler une ambulance, dit-il. Les secours vont arriver.”

Il lève les yeux vers Kees. Le type est encore dans la rue, avec le flingue qui lui pend au bout du bras.

Il se tient là et les regarde, Frank, Kat et tout ce sang, sans avoir l'air dégoûté, ni choqué, non, c'est pire – il a l'air vaguement intéressé.

"Elle est encore en vie, dit Frank. Appelle une ambulance, putain !"

Kees hoche la tête, comme si c'était la première fois qu'on lui demandait un truc pareil, puis il range son arme dans son étui.

Frank contemple cette pauvre Kat.

Le manche du couteau vibre au-dessus de sa poitrine. L'oscillation est à peine visible, mais bien réelle.

Frank ne veut pas compter – il a envie de vomir rien que d'y penser –, mais on dirait bien qu'elle a été poignardée au moins une douzaine de fois.

"Une ambulance est en route", dit-il.

Difficile d'en être sûr, mais Frank croit voir un léger sourire apparaître sur les lèvres de Kat.

"Je vais pas mourir, dit-elle – à peine un chuchotement. Une ambulance est en route. Il faut juste que j'attende ici sans bouger."

Frank hoche la tête.

"C'est ça. On bouge pas. On attend. Une ambulance va arriver.

— Fastoche", dit-elle.

44

Une des choses qui ont surpris David quand il a commencé à bosser la nuit, c'est le nombre d'appels qu'ils peuvent recevoir à quatre, cinq ou six heures du matin. Avant de commencer, il s'était dit que les premières heures seraient les plus intenses – de minuit à quatre heures, peut-être, quand beaucoup de gens sont encore debout à boire –, mais non : tout se passe entre quatre et six. Quand la planète s'endort, le mal sort sous le clair de lune. Les flics auxquels il a parlé le lui ont confirmé – la plupart des cambriolages ont lieu entre ces heures-là, par exemple.

Il enfourne sa dernière frite tandis que John démarre l'ambulance.

Une victime d'agression à l'arme blanche les attend.

45

William gare son break sur le parking à l'arrière de la Carlson Canning Company. Il met la voiture au point mort et coupe le contact.

Il ne comprend toujours pas pourquoi personne ne l'a stoppé.

Il descend de la voiture, claquant la portière derrière lui.

Les nuages gris s'illuminent brièvement, comme si quelqu'un dans le ciel avait allumé une lampe dont l'ampoule avait instantanément pété, puis un coup de tonnerre résonne dans l'air. L'atmosphère semble être saturée d'électricité.

Quelqu'un aurait dû le stopper. Il sait que des gens l'ont vu. Il a vu leurs visages derrière leurs fenêtres. Il les a vus qui le regardaient, leurs yeux blancs écarquillés, brillants de curiosité. Il a vu leurs mains et leurs nez appuyés contre les vitres, leurs bouches grandes ouvertes.

Mais personne ne l'a arrêté.

Ça n'a aucun sens.

Peut-être que personne ne l'a stoppé parce qu'il faisait ce qu'il était censé faire. Peut-être remplissait-il sa vraie mission. Peut-être accomplissait-il quelque chose qui doit être accompli pour une raison dépassant son propre entendement.

Au loin, une série de coups de tonnerre ébranlent le ciel.

Ne sois pas idiot, William.

Tu es malade, c'est tout. Malade.

Il traverse le bitume et monte les marches en béton de l'escalier à l'arrière du bâtiment. Le manque de sommeil le perturbe, il a l'impression de marcher dans un rêve. Il ouvre la lourde porte et entre dans l'usine, grouillante d'employés.

Il prend sa fiche de pointage dans sa fente sur le mur et se place au bout de la file menant à l'horodateur. Un type auquel il parle parfois pendant les pauses cigarette se met juste derrière lui. Il s'appelle Bob.

"Comment ça va, William ?"

William hausse les épaules.

"T'as l'air fatigué."

La file avance lentement.

"C'est vrai, dit William. Je suis fatigué.

— La nuit a été longue ?"

William se tourne vers Bob, qui se tient là, vêtu de sa chemise en jean bleue, fiche de pointage dans une main, panier à déjeuner dans l'autre. Bob, qui retrouve sa femme et son fils chez lui chaque soir, joue à la balle avec son fiston tous les week-ends ; Bob, qui n'a probablement jamais de pulsions – de terribles pulsions qui vous prennent aux tripes et ne vous lâchent que si vous leur obéissez –, ou qui en tout cas ne les a jamais écoutées ; Bob, avec qui il partage les pauses cigarette. Dernièrement, ils ont tué le temps pendant les pauses cigarette en discutant de l'Exposition universelle, qui va bientôt avoir lieu au parc de Flushing Meadows, et des résultats lamentables des Mets.

"T'imagines même pas", répond-il à Bob.

Il arrive devant l'horodateur, poinçonne sa fiche et va la remettre à sa place sur le mur.

Debout devant le tapis roulant, William regarde les boîtes de conserve défiler. Chaque fois qu'une boîte passe, il vérifie rapidement que le couvercle ne fuit pas, vérifie l'autre côté aussi, puis repose la boîte pour que le tapis puisse l'emporter.

Il fait ça en silence, une boîte après l'autre.

Il se demande si quelqu'un le stoppera un jour.

46

Patrick observe sa maman depuis l'embrasure de la porte.

Quand il a proposé de l'aider, il espérait qu'elle dirait non, chéri, ce n'étaient que des paroles en l'air, c'était juste ta mère qui était fatiguée et qui parlait trop – mais elle n'a pas dit ça. Elle a dit d'accord, merci. Elle a dit qu'elle en avait assez. Alors il est allé chercher les pilules, qu'il avait posées sur la table basse – parce qu'il espérait qu'il n'en aurait pas besoin –, et il les a trouvées là où il les avait laissées, à côté de sa convocation.

Il a pris sa convocation et l'a relue (encore) ; il s'est assis sur le canapé et y a réfléchi (encore). Il s'est dit que sa mère avait raison : il s'était servi d'elle comme excuse – mais bientôt elle ne serait plus là et il n'aurait pas d'autre choix qu'affronter ce monde.

Maintenant il y repense, debout dans l'encadrement de la porte, contemplant sa maman : bientôt elle sera partie et il sera seul au monde, sans excuses.

Il est censé se présenter à sa visite médicale dans trois heures, et si sa maman n'est plus là, il sera bien obligé d'y aller. C'est ça ou la prison. Et bien que l'idée de la guerre lui fasse peur – les mitraillettes, la boue, le sang, les grenades, les éclats d'obus, les hélicoptères assourdissants dans le ciel, la puanteur de la jungle, la gangrène, les villages en flammes –, ça semble presque un peu irréel, comme quelque chose dans un film. La prison, c'est très réel. C'est une petite boîte en béton, et il en a marre des petites boîtes, en béton ou autre. Le monde est un lieu immense, un endroit effrayant, mais peut-être qu'une fois qu'il aura vu le Viêtnam, peut-être qu'une fois qu'il aura fait face à ses peurs, le monde ne sera plus tout à fait aussi effrayant. Peut-être qu'une fois qu'un de ces bridés vous a tiré dessus depuis sa cachette, alors que vous vous traînez à travers la jungle avec un début de gangrène sur la blessure au pied que vous vous êtes faite la semaine précédente – peut-être que, quand vous rentrez chez vous après avoir vécu ça, les rues de votre ville vous semblent un peu plus supportables, un peu moins terrifiantes. Un banquier d'affaires ne peut quand même pas être aussi intimidant qu'un membre de la guérilla Viêt-công qui vous fixe avec du sang dans les yeux.

Maman détourne enfin le regard de la fenêtre, voit son fils et cligne des yeux.

"Je crois que je suis prêt, dit-il, si toi tu l'es."

Maman hoche la tête.

"Je suis prête. Combien de temps tu crois que ça prendra une fois que j'aurai pris toutes les pilules ?

— Je sais pas, maman.

— Tu crois que je vais avoir mal ?

— Je n'en sais rien. Je pense que tu t'endormiras, c'est tout.

— Je me demande si je ferai des cauchemars avant que ça se termine. J'espère que non. Je ne voudrais pas que ça se finisse avec des cauchemars.

— Tu n'es pas obligée de faire ça, tu sais."

Maman hoche la tête, mais il semble à Patrick qu'elle hoche la tête pour elle-même, pas à son intention à lui.

“Si, dit-elle.
— D’accord.”

Patrick traverse la pièce et s’assoit au bord du lit de sa mère. Forçant sur le couvercle, il ouvre le flacon de pilules orange. Il verse les pilules dans sa main et les compte, voulant s’assurer qu’il y en a suffisamment.

Vingt-huit.

Il ne sait pas combien il en faudra exactement, mais vingt-huit, ça semble être une bonne quantité. Il n’aurait pas été à l’aise avec moins de quinze ou vingt. Il ignore pourquoi. Il n’est même pas certain que vingt-huit suffisent ; mais, pour être honnête, il n’est pas sûr non plus que dix n’auraient pas fait l’affaire. Enfin, ça devrait aller. Vingt-huit, ça fait beaucoup de pilules.

Vingt-huit.

Il replie les doigts de la main tenant les pilules et les reverse toutes dans le flacon – sauf trois. Trois par trois. Sans compter une toute dernière, les pilules seront avalées en neuf gorgées.

Il donne les trois premières pilules à maman et elle les met dans sa bouche.

Il prend le verre d’eau. Il se demande si un seul verre suffira. Il le tend à sa mère. Elle sourit, le porte à ses lèvres, penche la tête en arrière.

Déjà dix pour cent du chemin parcouru.

Patrick fait tomber trois autres pilules dans le creux de sa main.

“Bonne nuit, Patrick”, dit maman, fermant les yeux.

Patrick lui reprend le verre vide, le pose sur la table de nuit et la contemple.

“Fais de beaux rêves”, dit-il.

47

Au début, il n'y a que l'obscurité et le bruit des sirènes, puis quand elle ouvre les yeux, laissant entrer la lumière et voyant le plafond blanc cassé qui la surplombe comme un couvercle, Diane se rend compte qu'elle a dû s'endormir. Des fragments d'images de rêve lui flottent encore dans la tête :

Diane assise sur un canapé. Un visage la regarde, blanc, terreux, posé sur une table basse à côté d'une montre en or. Rien qu'un visage, comme un masque, posé sur une table basse près d'une montre en or. Les aiguilles de la montre tournent dans le sens inverse de celles d'une montre ordinaire. On frappe à la porte et la porte s'efface. C'est le corps de ce visage, venu le récupérer. La tête est bien en place, mais elle n'a pas de visage ; ce n'est que de la chair sans traits. Et elle est venue chercher ce qui lui appartient.

Ça n'a aucun sens, Diane. Ce n'est qu'un rêve. Oublie-le.

Elle aimerait, mais à cause de ce rêve elle est toute patraque. Elle ressent une angoisse au creux de son ventre.

Elle regarde l'horloge – six heures passées de neuf minutes.

La valise qu'elle a remplie est par terre à côté du lit. Elle a dû la faire tomber d'un coup de jambe dans son sommeil.

Dans ses rêves, elle courait.

Quand elle était enfant et habitait à Elgin, une petite ville du Texas, elle avait un chien appelé Dinosaure. Pour une raison ou pour une autre, elle trouvait à l'époque que c'était hilarant de donner à des animaux domestiques le nom d'autres animaux. Elle avait également un chat baptisé Cheval. Mais c'est à son chien, à Dinosaure, qu'elle repense aujourd'hui. Il avait l'habitude de courir dans son sommeil. Il s'étendait de tout son long sur la moquette en plein milieu de la pièce – il fallait lui passer par-dessus pour circuler dans la maison – et, de temps à autre, pendant qu'il dormait, il aboyait deux ou trois coups, puis ses petites pattes se mettaient à remuer comme s'il courait.

"Il chasse des lapins", disait papa.

Dans ses rêves, elle courait.

Elle soulève la valise par terre et la repose sur le lit. Puis elle ramasse les vêtements qui sont tombés, remplit à nouveau la valise avant de la fermer.

Elle appuie sur les loquets métalliques pour les verrouiller, saisit la poignée, soupèse la valise, se dirige vers la porte de la chambre. Elle tourne le verrou et ouvre la porte, peinant à croire que c'est pour de vrai.

Est-ce de la folie ?

Ce que Larry a fait n'est pas le pire qu'un homme puisse faire.

Mais, pense-t-elle maintenant, ça ne se résume pas à ce que Larry a fait. Peut-être que si c'était tout, elle pourrait trouver le moyen de lui pardonner. Peut-être. Mais il y a plus : il y a la façon dont le regarder manger l'amusait et la charmait autrefois et aujourd'hui lui donne la nausée ; la façon qu'il a de ne jamais vouloir parler de rien ; la façon dont il fouille dans le sac de Diane pour lui prendre ses pourboires et s'en servir pour aller au bar – s'il demandait, elle lui en donnerait une part, mais ça ne lui vient pas à l'esprit de demander. Des dizaines de petites choses comme ça. Voilà ce qu'il y a.

Elle quitte la chambre et va dans le salon.

Larry dort sur le canapé, allongé sur le côté.

Il n'est vêtu que de son pantalon et de ses chaussettes. Son ventre pâle, arrondi par la graisse, est étalé sur le canapé comme de la pâte à pain. Une traînée de poils gris s'étend de sa taille à son nombril et au-delà, s'éclaircissant avant de disparaître.

Le bruit des sirènes augmente, mais il reste faible.

Elle pose la valise, s'approche de Larry et l'embrasse sur la joue sans le réveiller.

"Au revoir", murmure-t-elle.

Au moment où elle saisit à nouveau la poignée de la valise, un bruit se fait entendre dans la cuisine. Un coq qui chante.

Quand elle était petite, à Elgin, au Texas, elle entendait ça en vrai tous les matins. Ils élevaient des poules, pour leurs œufs et pour leur viande. Un jour, alors qu'elle avait sept ou huit ans, son papa emporta sa hache dans le poulailler, une structure en contreplaqué qu'il avait passé deux après-midi à monter, et s'ensuivirent les piaillements familiers des poulets, les plumes qui volaient, puis le *clang !* de la hache cognant sur le billot. Pour pouvoir bâtir leur petite maison, papa avait dû abattre beaucoup d'arbres sur le terrain qu'ils avaient acheté et, après la construction du poulailler, il avait transporté une des souches à l'intérieur. Elle s'était rapidement recouverte de marques de coups de hache et d'une épaisse couche de sang caillé.

D'habitude, un silence s'instaurait après le *clang !*, comme si les autres poulets avaient compris ce à quoi ils venaient d'assister et étaient en deuil, mais ce jour-là ce ne fut pas le cas. Les battements d'ailes et les piaillements continuèrent. Puis Diane entendit des jurons – putaindebordeldemerde – s'échapper de la bouche de son père. Un moment plus tard, une poule décapitée sortit du bâtiment du poulailler et se mit à courir dans tous les sens à l'intérieur de l'espace grillagé qui l'entourait. Diane passa les neuf jours suivants à verser du grain dans son gosier sans tête. Le dixième jour, cependant, elle trouva la poule morte. Le corps avait fini par rattraper la tête, que l'on avait jetée dans la pâtée du cochon le jour de la décapitation.

D'après la montre de Diane, il est six heures passées de dix minutes.

L'horloge n'est pas à l'heure, elle retarde ; la pile doit être presque vide.

Diane songe à écrire *piles* sur la liste de courses fixée au réfrigérateur, juste en dessous d'*œufs*, qu'elle se rappelle avoir noté hier après avoir fait cuire les derniers – elle avait préparé une omelette pour Larry avant de partir travailler –, mais ce n'est plus la peine.

Elle soulève sa valise, va à la porte, saisit la poignée et ouvre.

Thomas termine d'un coup ce qui reste de son café désormais tiède et pose la tasse ébréchée sur la table basse. Dans sa main gauche, il tient son déjeuner dans un sac en papier kraft. L'idée de sortir dans cette cour ensanglantée l'angoisse, mais il n'a pas le choix.

Au loin, approchant, des sirènes – si faibles pour l'instant qu'on les entend presque sans s'en rendre compte, comme un bruit du monde réel incorporé dans un rêve, qu'on ne comprend avoir entendu qu'une fois réveillé.

"Il faut que je parte au boulot", annonce-t-il.

Christopher est maintenant habillé, vêtu de son propre pantalon, d'une chemise que Thomas lui a prêtée et de ses chaussures de bowling. Il est assis dans le fauteuil de Thomas, une tasse de café à la main.

"OK." Il pose sa tasse et se lève.

"Peut-être, dit Thomas en se grattant la joue, peut-être qu'on devrait pas sortir d'ici en même temps."

Christopher ne répond pas. Il se contente de le regarder. Puis, au bout d'un moment, il hoche la tête. "D'accord, si tu crois que c'est mieux."

Thomas ne sait pas vraiment ce qu'il croit. Jamais il n'a été dans une situation semblable à celle-ci. Ses relations sentimentales avec des femmes lui ont toutes paru forcées, fausses, et si elles n'ont pas duré, c'était presque toujours à cause d'une forme d'apathie de sa part. Ces relations ne comptaient pas assez pour qu'il... pour qu'il fasse le moindre effort, à vrai dire. Et donc ça tournait court, il n'y avait plus qu'à lancer le générique de fin.

Cette fois-ci, ça semble différent. Cette fois-ci, ça paraît naturel. Pourtant, il éprouve aussi de la culpabilité. Mais c'est peut-être simplement pour la raison que Christopher a pointée : toute sa vie, on lui a répété qu'il était mal d'avoir de tels sentiments et surtout de les écouter. Ça lui donne la nausée. Ça lui donne la nausée, mais en même temps ça le rend heureux, plus heureux qu'il ne l'a jamais été. Ça lui donne l'impression que quelqu'un d'autre, un autre être humain, comprend le malaise qu'il a ressenti toute sa vie durant ; ça lui donne l'espoir que, pour la première fois, un autre être humain pourrait l'aider à vaincre sa solitude. S'il a été si seul, c'est peut-être parce qu'il a passé sa vie entière à rejeter l'unique forme de compagnie qui aurait pu compter pour lui, l'unique forme de compagnie qui lui correspondait.

"Et si… dit-il avant de s'interrompre.

— Et si quoi ?

— Et si on quittait l'appart ensemble ? Et si on arrêtait tout simplement de faire semblant ?

— Ça changera nos vies à jamais."

Thomas hoche la tête.

"Jamais on ne pourra revenir en arrière", insiste Christopher.

Thomas hoche à nouveau la tête. Ce que dit Christopher est vrai, mais il se trouve que ça n'a pas d'importance.

"J'en ai assez de mentir", dit-il.

Christopher demeure silencieux un long moment, le temps de réfléchir. "OK.

— Alors allons-y", dit Thomas.

Peter et Anne se tiennent côte à côte dans le salon – séparés d'une bonne soixantaine de centimètres, mais côte à côte quand même. Peter éprouve une certaine mélancolie, bien qu'Anne ait accepté qu'ils essaient d'arranger les choses entre eux. Il sait que leur relation ne redeviendra probablement jamais ce qu'elle était avant la nuit dernière, mais peut-être qu'au bout d'un certain temps – un an, deux ans – ils pourront à nouveau se sentir proches.

Il l'espère.

Ron et Bettie sont près de la porte d'entrée. Le nez de Ron est de travers, il a des mouchoirs ensanglantés roulés en boule dans les narines, et Peter se dit qu'il ne fera probablement pas l'économie d'un passage à l'hôpital. Puis il se rappelle son propre doigt cassé, et se rend compte que c'est pareil pour lui.

"On se voit au boulot", dit Ron avant d'ouvrir la porte d'entrée qui donne sur un couloir désert menant à un ascenseur minuscule.

Cet ascenseur est à peine assez grand pour deux personnes et sent toujours les tortillas et les chaussettes sales, pour une raison que Peter n'a pas encore pu découvrir, bien qu'il vive ici depuis trois ans. Trois ans et demi.

"Je crois que je vais appeler pour dire que je suis malade", prévient Peter.

Ron hoche la tête :

"Alors à demain.

— A demain."

Ron et Bettie sortent sur le palier, referment la porte derrière eux. Peter entend le bruit étouffé de leur conversation tandis qu'ils s'éloignent. Etant donné la minceur des murs, il pourrait normalement écouter ce qu'ils se disent, mais ce matin c'est impossible.

C'est impossible parce qu'un bruit noie tous les autres. Le bruit de sirènes.

Des sirènes réveillent Erin Riva. Elle s'aperçoit que, même si la lumière qui brille à travers la fenêtre est grisâtre, le matin est bel et bien là ; le soleil commence son ascension. Quant à elle, elle est sur le canapé et elle a un mauvais goût dans la bouche.

Elle frotte les coins de ses yeux chassieux, cligne plusieurs fois des paupières.

Frank est-il rentré la nuit dernière ?

La dernière chose dont elle se souvient, c'est de lui avoir parlé au téléphone, du soulagement qui l'a envahie lorsqu'il lui a dit qu'elle n'avait tué personne, qu'elle n'avait fait qu'abîmer le jouet d'un enfant. Puis elle a décidé de s'allonger sur le canapé en attendant Frank… Puis plus rien. Elle a bien dormi. Elle a rêvé de l'accident, mais ce n'étaient que des rêves – pas des cauchemars –, d'ailleurs en se réveillant maintenant, elle n'a pas ce mal de tête qui la rend parfois patraque quand elle a fait des cauchemars.

"Frank ?" Pas de réponse.

Elle parcourt l'appartement à sa recherche, traînant les pieds, emplissant le couloir des bruits de ses pas solitaires. Chaque fois qu'elle entre dans une nouvelle pièce vide, son angoisse augmente.

Pour quelle raison ne serait-il pas encore rentré ?

Il a appelé – elle jette un coup d'œil à l'horloge – il y a près d'une heure et demie. Il devrait être là. Même si la voiture est tombée en panne et qu'il a dû marcher, il devrait être rentré à l'heure qu'il est.

Alors pourquoi n'est-il pas là ?

Où est-il ?

48

Frank quitte sa voisine des yeux et regarde l'ambulance blanche Ford F-100 tourner à l'angle, penchant dans le virage sous l'effet de la vitesse, puis se redresser et foncer droit vers Kat et lui avec ses gyrophares aveuglants et ses sirènes assourdissantes.

L'instant d'après les pneus de l'ambulance crissent, la voilà arrêtée contre le trottoir.

La portière avant côté passager s'ouvre et un homme descend, pâle, les cheveux bruns, la trentaine bien tassée. Il a l'air d'un type qui en a déjà trop vu mais qui sait qu'il va en voir encore beaucoup plus avant la fin de sa vie.

Frank se lève et s'écarte pour que cet homme et son collègue, qui sort du côté conducteur, puissent faire leur boulot.

Avant même que l'ambulance ne soit complètement arrêtée, David ouvre sa portière et descend de l'ambulance.

Pas besoin de demander à qui que ce soit où la blessée se trouve. Avant que ses pieds n'aient touché le sol il l'aperçoit, une couche de sang marron-rouge lui recouvrant le corps – le même marron-rouge répandu partout alentour. Partout où il pose les yeux, il voit du sang.

Un homme de couleur est agenouillé à côté de la femme, lui caressant les cheveux d'un air absent tout en les regardant descendre de l'ambulance. David se précipite vers eux, sur le point de demander à l'homme de bien vouloir reculer, quand celui-ci s'écarte de lui-même.

"Qu'est-ce qui s'est passé ? demande David en arrivant, évaluant les dégâts.

— On l'a poignardée", dit le type, un bien triste euphémisme.

Le couteau de cuisine planté dans sa poitrine jusqu'au manche rendrait ce constat évident, même sans toutes ces autres blessures. La robe de la fille a été remontée jusqu'à sa taille, et il y a des trous béants dans son mollet droit et dans sa cuisse gauche. Quatre fentes sanguinolentes au niveau de l'abdomen. Une autre à l'épaule. Une autre dans la nuque. Une autre au bas du dos. Elle a les bras écorchés, complètement à vif – on dirait un dessin de planche anatomique –, et David n'essaie même pas d'imaginer comment on en est arrivé là. Sa culotte sanglante traîne sur le côté.

L'homme de couleur a dû suivre le regard de David, parce qu'il dit : "Je voulais baisser sa robe mais j'avais peur de détruire des indices."

David hoche la tête, fait le tour de la fille et lui palpe le pouls, qui est faible mais qui bat.

John les rejoint, apportant une civière de relevage. Il s'arrête net.

"Mon Dieu. Elle est morte ?

— Elle est vivante", répond David, entendant l'admiration dans sa propre voix.

C'est vrai qu'il l'admire ; cette fille n'est pas du genre à abandonner. Il le sait non seulement parce qu'elle est encore en vie – quelqu'un de moins combatif serait mort depuis longtemps –, mais surtout à cause du carnage. C'est une fille qui a refusé de mourir, qui a lutté pour se tirer du très mauvais pas dans lequel elle est tombée. La vie dans une ville comme celle-ci n'est qu'une suite ininterrompue de brèves rencontres accidentelles : des milliers d'inconnus qui se croisent, entrant parfois en contact, en général pas de façon significative – salut, bonne journée, un portefeuille volé, des pièces de monnaie qui tombent, pardon, monsieur, vous avez oublié votre chapeau, des regards qui se détournent dans le métro, tenez, prenez mon siège, je n'avais pas vu que vous étiez enceinte, sinon je vous l'aurais proposé plus tôt... Mais de temps à autre, des inconnus qui se croisent peuvent se heurter de plein fouet. Ça peut faire mal. C'est comme ça, en ville. Ça peut même se terminer par la mort.

"Mettons-la sur le brancard", dit David.

John s'accroupit derrière Kat, place le brancard contre son épaule droite – appuyée sur le béton froid devant l'entrée de son appartement – et le maintient en équilibre avec ses jambes. Puis, ensemble, David et John la font rouler sur le dos – David poussant, John tirant –, l'allongeant le plus doucement possible sur la civière.

Elle pousse un grognement de douleur. David est content d'entendre ça. A ce stade-là – dans l'état où elle se trouve –, il faut se féliciter du moindre signe de vie.

*

Kat ne peut pas bouger. Elle ne comprend pas pourquoi elle ne parvient pas à bouger, mais c'est ainsi. Elle devrait y arriver, mais non. Elle peut uniquement regarder droit devant. Elle voit les genoux pliés de son voisin Frank. Il est accroupi à côté d'elle et il porte un jean maculé de cambouis. Elle sent sa main qui lui caresse les cheveux et c'est doux, ça fait du bien. Elle l'entend dire : "Une ambulance est en route." Puis elle entend l'ambulance. Elle est arrivée. Il a suffi que Kat attende tranquillement. Ensuite il y a une brève conversation, puis quelqu'un la bouge, et ça fait mal, mon Dieu, toutes les blessures qui s'étaient refroidies et tues se mettent à hurler de plus belle mais, quand elle essaie elle-même de crier, un grognement à peine audible lui échappe, et voilà qu'elle se retrouve sur le dos, à regarder le ciel gris, le ciel gris derrière lequel se planque le Dieu maléfique de cet univers.

"Un deux trois", dit quelqu'un, et on soulève son corps.

Des choses se déplacent. Kat se déplace. On la transporte quelque part mais, comme elle ne peut pas bouger la tête, elle voit uniquement le ciel gris et, du coin de l'œil, des choses qui défilent – des immeubles, des arbres, des visages entraperçus qui la regardent avec des yeux brillants –, puis elle se retrouve dans une petite pièce au plafond blanc ; non, pas une pièce, elle n'est pas dans une pièce : elle est dans un véhicule.

Une ambulance – elle est dans une ambulance.

Elle est sauvée.

*

Diane se tient dans la cour, sa valise à la main. Est-ce ça qu'elle a vu, quand elle a regardé par sa fenêtre la nuit dernière – tout ce sang marron ? Ça ne peut pas être ça ; autrement elle aurait appelé la police.

Quelqu'un d'autre a dû les appeler, cela dit – la police est là. Mais ce premier cri, c'était il y a plusieurs heures...

Tandis qu'elle contemple tout ce sang – les lumières de l'ambulance éclaboussant son visage, les murs en pierre de la résidence, le béton, les chênes, les treillages –, d'autres habitants sortent dans la cour. Thomas, ce type qui fait semblant d'être marié alors qu'il ne l'est pas, descend de l'ascenseur de son immeuble. Il donne la main à un autre homme, Christopher. Elle le connaît. Il est venu un soir, regarder un match de base-ball et boire des bières avec Larry. Voilà qui explique tout, se dit-elle en les voyant ainsi. Voilà pourquoi Thomas fait semblant d'être marié. Thomas croise son regard et retire rapidement sa main de celle de Christopher, la retire presque brutalement. Diane aperçoit ensuite le gamin avec la mère malade. Elle ne se souvient pas de son nom ; c'est juste le gamin avec la mère malade qui l'observe parfois depuis l'autre côté de la cour. Il sort dans la lumière grise du matin, l'air ahuri, les yeux rouges. Et voilà l'infirmière. Elle descend dans la cour vêtue de son uniforme et de ses chaussures blanches. Et il y a un couple qu'elle ne connaît pas. On dirait que l'homme a le nez cassé, comme si un morceau d'argile informe était planté en travers de son visage, des mouchoirs en papier sanguinolents dépassant de ses narines.

Diane se retrouve là, dans cette cour ensanglantée, au milieu de tous ces gens. Chaque personne regarde les autres et regarde le sang tout autour – il y a tellement de sang –, mais quand deux regards se croisent ou menacent de se croiser, quelque chose comme de la honte passe sur les visages et l'on baisse les yeux.

Diane ne fait pas exception. Quand le regard du garçon avec la mère malade rencontre le sien, elle a honte et trouve soudain ses propres chaussures très intéressantes.

Patrick détourne ses yeux de la femme qu'il a vue pleurer dans son salon la nuit dernière, et regarde la rue. Une ambulance est garée contre le trottoir, gyrophare allumé. Deux hommes transportent quelque chose sur un brancard. La fille qu'il a vue dehors cette nuit, la fille qui a été attaquée. Ils la transportent jusqu'à l'ambulance et grimpe dedans.

Des portières claquent.

Frank regarde l'ambulance s'éloigner avec une étrange tristesse qui lui pèse sur la poitrine et lui rend la respiration difficile. Au bout d'un moment, il se tourne vers la cour, où il aperçoit plusieurs de ses voisins. Erin, aussi – son épouse. Frank s'approche d'eux, enjambant une flaque de sang en chemin, et il sent sa tristesse et sa nausée se muer en autre chose, se mélanger pour devenir quelque chose de complètement différent – une réaction chimique surprenante mais indéniable.

"Personne n'a vu ce qui se passait ici ? demande-t-il, regardant d'un visage à l'autre. Personne n'a appelé la police ?"

Il repense au moment où il l'a vue qui rentrait du bar où elle travaille, au moment où il l'a croisée en voiture et lui a fait signe, et au sourire qu'elle lui a adressé ; on dirait qu'une éternité s'est écoulée depuis, mais c'était il y a à peine deux heures. Il y repense et se rend compte qu'elle est restée là dehors pendant tout ce temps. Ses clés se trouvent encore sur la poignée de sa porte d'entrée. Il pense à tout ce sang répandu à travers la cour, qui la nuit est éclairée par des réverbères. De petits réverbères, certes, mais des réverbères quand même. Assez puissants pour qu'on puisse voir la cour la nuit, même si la lumière est allumée dans votre appartement.

Frank avale sa salive. Frissonne. Sent ses mains trembler. Il s'est passé trop de choses cette nuit.

Frank glisse les mains dans les poches pour les empêcher de trembler et observe chaque visage. Personne ne veut croiser ses yeux. Ces gens regardent par terre sans dire un mot.

Soudain quelqu'un brise le silence. Un homme avec un nez de travers, avec des mouchoirs en papier roulés en boule qui lui sortent des narines : "Il... Il faut qu'on y aille."

Il tire la femme qui l'accompagne vers la rue. Ni l'un ni l'autre ne le regardent en passant devant lui. Ni l'un ni l'autre ne regardent qui que ce soit. Ils sortent dans la rue – la femme glissant sur une traînée de sang et manquant de tomber –, puis disparaissent.

"Moi aussi, faut que j'aille au boulot", dit Thomas. Thomas, que Frank a toujours apprécié. Comment a-t-il pu laisser une chose pareille se produire sans rien faire pour l'empêcher ? Et les autres, comment ont-ils pu ?

Thomas sort sur Austin Street, suivi par un autre homme que Frank ne connaît pas.

"J'y vais aussi", dit une femme portant une valise. Et elle y va, elle s'en va.

"J'ai décroché le téléphone pour appeler la police", dit Patrick.

Frank sait que c'est un bon garçon. Il s'occupe de sa mère malade. Une charge lourde et ingrate, mais il est à la hauteur.

"J'ai décroché le téléphone", répète-t-il.

"Chéri ?" dit une voix, une voix qu'il reconnaît, une voix qu'il entend tous les jours depuis vingt et un ans.

Il se tourne vers Erin.

Elle fait un pas vers lui.

Frank se contente de la fixer des yeux.

Elle doit voir quelque chose qui lui déplaît dans son regard, parce qu'elle fait un pas en arrière et dit : "Je t'attends en haut."

Frank ne peut que la regarder. Il la regarde jusqu'à ce qu'elle ait disparu.

Même dans ses poches, ses mains tremblent.

49

Alors que l'ambulance et son tapage lumineux foncent en direction de l'hôpital, David s'écarte de la fille. Kat, l'a appelée l'homme de couleur. Il s'éloigne de Kat et va s'asseoir à l'arrière du véhicule.

"Elle est morte", annonce-t-il au bout d'un moment.

Les sirènes cessent de hurler ; le gyrophare s'éteint.

David a le sac à main de Kat, qui se trouvait à côté d'elle devant sa porte d'entrée, et il songe à l'ouvrir ; non, voir ses effets personnels ne fera qu'ajouter à la tristesse. Y a-t-il plus triste qu'une carte de visite froissée au fond d'un sac, avec un numéro de téléphone écrit au dos, mais aucun nom pour l'accompagner ? Y a-t-il plus triste qu'une boucle d'oreille solitaire se baladant au milieu de petites pièces de monnaie, sa jumelle perdue à jamais ? Evidemment il ne connaissait pas Kat, mais c'est toujours difficile quand on échoue à sauver quelqu'un – même quand on n'avait pas vraiment la moindre chance au départ. Et elle était solide, cette fille, c'était une battante, ce qui rend cette conclusion encore plus dure à accepter.

Elle ne voulait pas partir.

Elle n'est pas partie. On l'a prise.

Oui, et ça aussi, ça rend les choses plus difficiles à accepter.

Mais voilà, elle est morte, alors quand l'ambulance arrive devant l'entrée de l'hôpital, John la gare presque silencieusement, avec seulement le bruit du moteur et des épais pneus en caoutchouc écrasant quelques graviers qui traînent sur le bitume.

L'ambulance ne bouge plus.

David ouvre grandes les portières à l'arrière.

David se tient à l'extérieur de l'hôpital depuis un certain temps, face au parking réservé aux employés. Il allume une cigarette, tire une bouffée, regarde le parking. Il sort sa petite bouteille plate, la débouche et boit une gorgée – les yeux fixés sur le parking.

Il pense encore à ce garçon pâle aux cheveux bruns qui a appris que les monstres sont bien réels ; à ce garçon pâle aux cheveux bruns qui a appris que les monstres peuvent avoir des yeux doux. Le monde a quelque chose de tordu, si les monstres qui y vivent ont le droit d'avoir des yeux doux.

Tirant une nouvelle bouffée sur sa cigarette, David commence à marcher en direction de sa voiture. Ça fait une petite trotte. Comme il passe la plupart de son temps assis, il préfère se garer aussi loin que possible des portes de l'hôpital, histoire de faire au moins un tout petit peu d'exercice chaque jour. En cheminant lentement vers sa Chevy Nova de 1963, il aperçoit la foudre qui vient planter un doigt dans la terre avant de disparaître aussitôt. Un moment plus tard, le tonnerre gronde.

Parvenu à sa voiture, David déverrouille la portière côté passager et ouvre la boîte à gants.

Au-dessus des papiers du véhicule, il prend le revolver calibre .38 avec un canon de deux pouces, vérifie qu'il est bien chargé – oui, cinq balles, aucune dans la chambre – et le glisse sous sa ceinture. Il tire une dernière bouffée de sa cigarette, la jette par terre, l'écrase du bout de sa chaussure.

David entre dans la chambre d'hôpital de M. Vacanti. Il y a un second lit et un rideau pour séparer la pièce en deux, mais l'autre lit est inoccupé, le rideau repoussé contre le mur. La lumière du matin pénètre par la fenêtre.

M. Vacanti a un pansement sanglant collé sur le front, là où une étagère en verre se trouvait il y a peu, et sa jambe gauche est maintenue en l'air par une bande de tissu. Le moniteur de fréquence cardiaque auquel il est relié fait des bips réguliers, mais David est convaincu que ces bips vont bientôt cesser.

M. Vacanti tourne la tête vers David.

"C'est toi."

David hoche la tête, referme la porte derrière lui, s'approche de M. Vacanti, sort son revolver, appuie sur le chien pour l'armer – le barillet tourne d'un cran –, presse le bout du canon contre le pansement sur le front de cette ordure, qui a un mouvement de recul sous l'effet de la douleur.

"C'est moi", dit David.

Sans soulever la tête du lit, M. Vacanti lève les yeux vers lui.

"Je savais que ça arriverait un jour, dit-il. Je ne savais pas que ce serait toi, Davey. Je ne m'en serais pas douté. Comment j'aurais pu ? Mais je savais que ça arriverait forcément un jour ou l'autre." Il avale sa salive. "Avant d'appuyer sur cette détente, néanmoins, je veux que tu saches une chose.

— Quoi ? demande David, même s'il se fiche de ce que cet homme a à dire.

— Je suis désolé."

Ces excuses ne font ni chaud ni froid à David. Il toise ce type, ce monstre aux yeux doux, et se demande combien d'autres petits garçons lui doivent d'avoir découvert trop tôt les horreurs de ce monde, combien d'autres petits garçons ont trop vite appris que les monstres ne se cachent souvent pas dans l'ombre, à attendre que vous fassiez un pas hors de la lumière, mais se tiennent eux-mêmes en plein soleil, vous souriant d'un air amical et vous tendant la main.

"Eteins-toi, éteins-toi, court flambeau", dit M. Vacanti.

David fronce les sourcils :

"Seul un connard citerait *Macbeth* à un moment pareil."

Un bref sourire anime le visage de M. Vacanti et cette touche d'humour lui éclaire les yeux, mais tout ça a vite fait de s'évanouir.

"Tu connais ton Shakespeare.

— On m'a offert un livre de citations pour mon anniversaire", dit David.

Alors un bruit emplit la pièce, comme si le monde venait de se briser en deux.

50

Des éclairs et du tonnerre déchirent le ciel, une pluie battante se déverse par la plaie ouverte. Comme il n'y a pas de vent les gouttes tombent droit, s'écrasant par terre avec de petites explosions.

Patrick et Frank sont tous deux dans la cour. Ils fument, mais quand la pluie s'intensifie, Frank jette son mégot trempé. Patrick persiste un peu plus longtemps, tenant sa cigarette entre le pouce et l'index, paume vers le bas, la main en coupe pour former une espèce de cigarette-parapluie qu'il ne porte à sa bouche qu'au moment de tirer une bouffée.

Sans dire un mot, Patrick et Frank regardent les flics en train de bloquer un périmètre devant l'appartement de Kat. L'averse nettoie le sang qui, pour l'essentiel, n'a pas eu le temps de sécher. Il est emporté vers les caniveaux, dans les parterres de fleurs, entre les fentes dans le béton, jusqu'à la rue, laissant derrière lui des cercles marron autour des anciennes flaques.

Patrick a la nausée.

C'est étrange, pense-t-il en tirant une bouffée de cigarette, dans une semaine il n'y aura plus aucune trace de ce qui s'est passé ici.

Le revolver sous la ceinture, David longe le couloir de l'hôpital, peu fréquenté à cette heure matinale. Il se sent bizarre, vide. Comme une coquille. Il entre dans l'ascenseur et descend au rez-de-chaussée. Dehors, il ferme les yeux et laisse la pluie le marteler et le laver.

Un éclair, presque immédiatement suivi par le fracas du tonnerre.

David sort le revolver de son pantalon. Il vide le barillet dans le creux de sa main, regarde les balles. Aucune d'entre elles n'a servi.

Quand le tonnerre a retenti – au moment où David appuyait le canon du revolver contre le front de M. Vacanti, qui levait les yeux vers lui –, la respiration de M. Vacanti s'est coupée et un cercle noir grandissant a taché son drap, juste au-dessous du niveau de la taille. David a baissé l'arme, l'a remise dans son pantalon et s'est contenté de fixer cet homme des yeux. Il a toisé cet homme pathétique et a pensé à ce qu'il aurait ressenti en expulsant la cervelle à l'intérieur de ce crâne. Pendant ce temps, M. Vacanti le regardait avec ses yeux doux. Il a ouvert la bouche pour parler, mais David a secoué la tête et dit :

"Non."

Puis il est parti.

Il a résisté à l'envie de regarder en arrière.

Maintenant il est là, sur ce parking d'hôpital. La pluie qui tombe sur lui est froide, elle le fait frissonner, mais elle lui fait aussi du bien.

Il pense à un petit garçon aux cheveux bruns pédalant aussi vite que possible au milieu d'une rue déserte, l'avenir devant lui inconnu et plein de promesses ; un petit garçon sur son vélo faisant exprès de rouler dans une flaque qui l'éclabousse, puis riant et pédalant de plus belle vers tout ce qui peut bien l'attendre.

Il incline la paume de sa main et regarde les balles en cuivre tomber sur l'asphalte mouillé avec un léger bruit métallique.

Au bout de quelques secondes, elles ne bougent plus.

Dans la cour, Patrick jette son mégot et regarde Frank.

“Je rentre”, dit-il.

Frank hoche la tête mais ne se tourne pas vers lui, gardant les yeux fixés au loin. La pluie est de plus en plus dense, limitant la vue, et les enquêteurs tiennent des parapluies noirs au-dessus de leurs têtes. Ils discutent entre eux, ne font pas grand-chose d'autre maintenant que le périmètre est délimité, mais Patrick ne croit pas que Frank regarde les enquêteurs. Ni le sang que la pluie a presque entièrement lavé. Ni quoi que ce soit autour d'eux.

Quoi qu'il regarde, ça se situe plus en profondeur.

Patrick s'éloigne, laissant Frank seul avec ses pensées, seul sous la pluie avec le soleil désormais visible, sa clarté se répandant à l'est le long de la ligne d'horizon.

Patrick monte dans l'ascenseur. Il tire les battants de la porte et appuie sur un bouton.

L'ascenseur se met en branle.

Dans deux heures et demie, Patrick doit se présenter à une visite médicale.

Un peu plus tard, Frank rentre, lui aussi. Il veut se mettre à l'abri de la pluie, au moins un moment.

Mais, après s'être séché avec une serviette et avoir enfilé de nouveaux vêtements, il a toujours de l'eau qui lui coule le long des joues. Il l'essuie du revers de la main et se rend dans la chambre. Erin est couchée, recroquevillée sur le côté. Ils se regardent. Puis, sans dire un mot, il grimpe derrière elle dans le lit et l'enlace. Il sent le cœur d'Erin battre doucement. Elle se love contre lui.

C'est bon – un tout petit peu de chaleur humaine dans un monde si froid.

REMERCIEMENTS

Plusieurs personnes ont contribué à faire de ce roman une réalité. Je leur suis reconnaissant pour leur participation, petite ou grande. Merci à Will Atkins, Dan Bennett, Martin Bryant, Kevin Finn, Crystal Jahn, Heather Jahn, Dave Morton, Nick Morton, Jacque Morton, Rick Morton, Tony Robenalt et Dave Warden.

Et merci tout spécialement à Mary – c'est bien à toi que je dois de ne pas être devenu fou.

R. D. J., mars 2009.

OUVRAGE RÉALISÉ
PAR L'ATELIER GRAPHIQUE ACTES SUD
ACHEVÉ D'IMPRIMER
SUR ROTO-PAGE
EN DÉCEMBRE 2011
PAR L'IMPRIMERIE FLOCH
À MAYENNE
POUR LE COMPTE DES ÉDITIONS
ACTES SUD
LE MÉJAN
PLACE NINA-BERBEROVA
13200 ARLES

DÉPÔT LÉGAL
1re ÉDITION : JANVIER 2012
N° impr. : 81164
(Imprimé en France)